KB118241

연어
연어 이야기

문 학 동 네
한국문학전집
0 0 8

안도현
동화

연어
연어 이야기

문학동네

연어

그래도, 아직은, 사랑이,
낡은 외투처럼 너덜너덜해져서
이제는 갖다 버려야 할,
그러나, 버리지 못하고,
한번 더 가져보고 싶은,
희망이, 이 세상 곳곳에 있어,
그리하여, 그게 살아갈 이유라고
믿는 이에게 바친다.

연어, 라는 말 속에는 강물 냄새가 난다.

나는 이렇게 시작하는 짧은 글 한 편을 낚시전문잡지에 기고한
적이 있다. 남대천을 비롯한 우리나라 하천의 연어 회귀율이 매우
낮기 때문에, 낚시꾼들이 앞장서서 연어보호운동이라도 펼쳐보자
는 글이다. 그 잡지가 서점에 깔리기 시작하면서 나는 예기치 않은
독자들의 항의전화를 몇 통 받아야 했다.

처음 내게 전화를 한 사람은 환경운동가라고 자신을 먼저 밝혔
다. 그는 자연 생태계를 파괴하는 인간들의 이기심이 무엇보다 문
제라고 했다. 나는 고개를 끄덕였다. 그의 목소리는 다분히 격정적
이었으나, 그가 보기 드물게 진지한 사람이어서 나는 겸허하게 이

야기를 경청했다. 그런데 그는 갑자기 「연어 낚시를 즐기기 위하여」라는 내 글의 제목을 트집잡는 것이었다. 심지어 그는 나를 인간쓰레기 같은 놈, 이라고 단정하면서 일방적으로 전화를 뚝 끊어버렸다. 기가 막히는 노릇이었다. 아마 그는 화장실에 쭈그리고 앉아 내 글이 실린 잡지의 목차만 훑어보지 않았나 싶다. 글 전체를 읽지 않고 어떻게 제목만 보고 결론을 내릴 수 있는 것인지 나는 이해할 수 없었다. 도대체 사람들이란 성급하기 짝이 없는 존재들이라는 생각이 들었다.

어떤 사람은 위에 쓴 첫 문장에 문제가 있다고 전화를 걸어왔다. 그는 연어한테서 강물 냄새가 난다는 표현은 엉터리라고 했다. 연어가 강에서 보내는 시간은 바다에서 보내는 시간의 십분의일 정도밖에 안 되므로 생태학적 사실과 다른 표현이라는 것이다. 당연히 연어, 라는 말 속에는 바다 냄새가 난다, 라고 써야 옳다는 것이다. 그의 말은 꽤 그럴듯했지만 내가 보기에 그는 상상력이 부족한 사람이었다. 대개 그런 사람들은 중요한 것은 끝에 있다는 사실을 모른다. 무슨 일이든지 끝까지 생각해보려고 하지 않는 것이다.

연어, 라는 말 속에는 강물 냄새가 난다.

그래서 나는 이렇게 시작하는 글을 다시 한번 쓰고 싶었다. 독자들의 쓸데없는 오해를 피하기 위해 제목도 미리 단순하게 「연어」라고 붙여두었다.

나는 연어를 완전하게 이해하고 싶어 백과사전과 어류도감을 먼저 뒤지기 시작했다. 연어는 매년 단풍이 곱게 물드는 9월에서 11월 사이 강을 거슬러오르는 모천 회귀성 어류의 하나라는 것, 자갈이 깔리고 물살이 약간 있는 여울에 직경 1미터, 깊이 50센티미터 안팎의 산란터를 만들어 앵둣빛 알을 낳는다는 것, 그 알의 숫자가 대략 2천 개에서 3천 개쯤 된다는 것, 자갈 틈에서 수정된 연어가 부화되기까지는 2개월 가까운 시간이 걸린다는 것, 그때 물의 온도는 섭씨 7, 8도 정도가 적당하다는 것……

나는 연어에 대해 많은 것을 알아냈지만, 단 한 줄의 글도 쓸 수가 없었다. 상상력을 불러일으키지 않는 지식이란 참으로 허망한 것이다. 그러다가 나는 우연하게 한 장의 사진을 보게 되었다. 그것은 거대한 보잉 747 여객기가 물속에 잠겨 있는, 좀 슬픈 사진이다.

사진 속에는 구름을 헤치며 하늘을 날아야 할 여객기가 눈부신 은빛 동체를 물속에 담근 채 숨을 죽이고 있었다. 갑작스런 사고 때문에 여객기는 바다에 불시착했을 것이고, 그리고 물속으로 가라앉은 게 틀림없었다. 물속의 여객기는 그 슬프고도 장엄한 육체로 나에게 무슨 말을 건네오는 것 같았다.

나는 뭔가 대답을 해주어야 할 것 같아서 좀더 자세하게 사진을 들여다보지 않을 수 없었다.

아아, 그런데 그것은 추락한 비행기가 아니라 강물을 힘차게 거슬러 오르는 연어의 무리였다.

연어떼. 수백 마리의 연어가 하나의 편대를 이루어, 알을 낳기 위해 상류로, 상류로 진군을 하고 있었던 것이다.

나는 카메라로 그 사진을 찍은 사람이 이 세상에서 제일 부러웠다. 그는 살아 퍼덕거리는 연어를 직접 눈으로 보았을 것이다. 아마 그는 잠수복을 입고 물속으로 들어가 연어를 옆에서 촬영해보고 싶었는지도 모른다. 나라도 그랬을 것이다.

그러나 물속에 사는 연어는 땅 위에 사는 인간들을 두려워한다. 인간은 물고기를 옆에서 보려고 하지 않고 위에서 내려다보니까! 연어를 위에서 내려다본다는 것, 그것은 연어를 위해서 불행한 일이다. 연어를 위에서 내려다보는 사람들의 눈은 틀림없이 물수리나 불곰의 눈을 닮아 있을 것이다. 그들은 연어에 관심을 가지기보다 연어 알을 떠올리며 입맛을 쩝쩝 다실 것이 뻔하다.

그러니까 연어를 완전히 이해하고 사랑하는 방법은, 연어를 옆에서 볼 줄 아는 눈을 갖는 것이다. 거기에다가 약간의 상상력이 필요하다. 알기 쉽게 말한다면, 마음의 눈을 갖는 것이다. 보이지 않는 것을 보고 싶어하는 눈, 그리하여 보이지 않는 것을 볼 줄 아는 눈. 상상력은 우리를 이 세상 끝까지 가보게 만드는 힘인 것이다. 사랑하는 사람과의 첫 입맞춤이 뜨겁고 달콤한 것은, 그 이전의, 두 사람의 입술과 입술이 맞닿기 직전까지의 상상력 때문인 것처럼.

아침 햇살을 받은 바다가 오렌지 빛으로 끝없이 펼쳐져 있다.

바다 위 100미터 상공에는 물수리 한 마리가 커다란 원을 그리고 있다. 그는 아침이 되자 배가 출출해서 물고기 사냥을 나온 것이다. 삼십 분 가까이 바다 표면을 샅샅이 뒤졌으나 오늘따라 그 흔한 정어리 한 마리 보이지 않는다. 물수리는 쇠갈퀴처럼 생긴 발톱으로 허공을 몇 차례 할퀴는 듯한 시늉을 해본다. 그럴수록 뱃속은 자꾸 허전해지고 날개 끝에 차가운 바람만 횡하니 감기고 만다. 물수리는 은근히 부아가 치밀어오른다.

이맘 때쯤이면 베링 해의 서늘한 한류를 타고 연어떼가 이동한다는 것을 물수리는 잘 알고 있다. 연어는 다른 어느 고기보다도 살이 많고 담백해서 그가 좋아하는 물고기 중의 하나다. 연어의 연한 살을 생각하니 더욱 배가 고파진다.

그때 그의 눈에 이상한 물체 하나가 들어온다. 상어보다도 더 큰 그 물체는 빠르게 남쪽으로 이동을 하고 있다. 그런데 그 물체의 중앙에는 밝은 광채가 나는 점이 한 개 붙어 있다. 마치 잠수함이 눈에 불을 켜고 바닷속을 달리는 것처럼 보인다.

물수리는 10미터 상공으로 낮게 내려간다. 이상한 물체를 좀더 자세히 탐색할 필요가 있는 것이다. 언젠가 바다 위로 막 떠오르기 시작하는 집채만한 잠수함이 있었다. 그 잠수함이 연어떼인 줄 알고 부리를 내리꽂았다가 낭패를 당한 일도 있었기에 그는 자못 신중하게 바다를 내려다보고 있다. 날개를 많이 움직여야 하는 저공비행이 귀찮았지만, 아직 아침 식사도 하지 못한 그가 아닌가.

짐작한 대로, 그가 발견한 이상한 물체는 연어떼였다. 적어도 300마리는 넘어 보였다.

물수리는 연어떼가 눈치채지 않게 약간 뒤쪽에서 거리를 두고 쫓아가야겠다고 생각한다. 그는 물속을 노려본다. 연어떼는 시속 40킬로미터쯤 되는 속도로 질서정연하게 이동을 계속하고 있다. 연어떼의 한복판에는 밝은 광채를 내는 점 하나가 아직 그대로 붙어 있다.

물수리는 눈을 크게 뜨고 그 밝은 점을 내려다본다. 그것은 점이 아니었다. 그가 처음 보는 이상한 연어였다. 무리들에게 둘러싸인 그 연어는 다른 연어들과는 달리 등쪽이 온통 은빛으로 번쩍거린다.

대부분의 바닷고기들은 배쪽은 흰색이지만 등쪽은 검푸르다. 그 이유는 바다 위로 노출되는 등짝 부분을 바닷물 색깔로 위장해야 하기 때문이다. 그러면 물고기를 멀리서 내려다보는 한심한 새들은 곧잘 속아넘어가는 것이다.

하지만 그 위장술도 저공비행하는 물수리의 매서운 눈을 속일 수는 없다. 물수리의 눈빛은 계속 그 유별난 빛깔의 연어에게 쏠려 있다. 입안에 조금씩 군침이 감도는 것을 숨길 수 없다.

물수리는 수면 2미터까지 바짝 내려간다. 맛있는 아침 식사는 이제 시간 문제다. 물수리는 양쪽 발끝에 잔뜩 힘을 준다. 그러고는 날쌔게 수면을 낚아챈다. 그의 발톱은 유별난 빛깔을 가진 연어의 살 속에 박힐 것이었다.

"물수리다! 흩어져라!"

갑작스런 물수리의 공격을 받은 연어떼는 사방으로 물을 튀기며 흩어진다.

물수리는 공중으로 날아오르며 양쪽 발톱 사이에서 퍼덕거리는 묵직한 생명의 무게를 느낀다. 그는 흡족한 마음으로 자신의 사냥감을 내려다본다. 그의 양발 사이에는 연어 한 마리가 꺼져가는 생명의 기운을 되살리기 위해 처절하게 몸부림치고 있다. 그러나 그것은 그가 목표로 삼았던 찬란한 은빛의 연어가 아니라, 완전한 실패의 무게였다.

그리하여 은빛연어는 사나운 물수리의 밥이 되는 최초의 위험에서 벗어날 수 있었다.

그런데 어찌된 일일까. 용케 살아남았다는 기쁨보다는, 살아남았다는 슬픔이 오히려 그를 괴롭혔다. 왜냐하면 물수리에게 잡아먹히고 만 그 연어는—강을 떠날 때부터 늘 함께 헤엄을 치던, 두세 마리의 새우를 입에 물고 와 은빛연어에게 말없이 건네주던, 잠자리처럼 생긴 맛있는 날벌레를 잡아주기도 하던, 부드러운 꼬리지느러미로 슬슬 배를 쓰다듬어주던, 그의 둘도 없는 누나였던 것이다.

"누나……"

은빛연어는 혼잣말로 누나를 불러본다. 뾰족하고 날카로운 바위에 긁힌 듯이 가슴이 쓰려온다. 그때 촉촉하게 물기를 머금은 누나연어의 목소리가 어렴풋이 들려온다.

"은빛연어야……"

강에서 바다로 나온 지 일 년쯤 되었을 때다.

"네 몸이 은빛 비늘로 덮여 있다는 것을 아니?"

"내 몸이 은빛이라고?"

은빛연어가 깜짝 놀란다.

"네 등은 다른 연어들처럼 검푸른 바닷물을 닮지 않았어."

은빛연어는 그의 온몸이 은빛 비늘로 덮여 있다는 사실을 모르고 있었다. 다른 연어들처럼 그저 등이 검푸르고 배는 희겠지, 하고 생각했을 뿐이다.

"우리는 불행하게도 자기 자신이 어떻게 생겼는지 모른단다."

"왜?"

"물고기들의 두 눈은 머리의 앞쪽에 나란히 붙어 있거든."

누나는, 연어들이 자신의 모습을 다른 연어들의 입을 통해 알게 된다고 말해주었다. 그러니까 다른 연어들의 입은 자신을 비춰주는 거울인 셈이다. 그래서 연어들은 남들에 대해서 이러쿵저러쿵 입에 올리기를 좋아하는 습성을 가지게 되었는지도 모른다.

"그런데 가자미는 왜 두 눈이 한쪽으로 쏠려 붙어 있는 거지?"

"그건 가자미가 자기 자신이 어떻게 생겼는지 보려고 애쓰다가 그렇게 된 거란다."

가자미의 우습게 생긴 눈을 생각하고 은빛연어가 웃는다. 하지만 누나의 눈에는 깊은 그늘이 어른거린다.

"은빛연어야, 네 동무들이 너를 별종이라고 부르는 이유를 알겠니?"

은빛연어는 별종, 이라는 말의 뜻을 그때서야 조금 알 것 같았다. 그것은 뭇연어들과 자신을 구분짓는 말이었다. 갑자기 은빛연어는 자신이 먼 바다에 홀로 뚝 떨어져 있는 섬이라는 생각이 들었다. 이 세상이라는 바다 위에 오직 혼자밖에 없다는 외로움. 외로움은 두려운 게 아니라 슬픈 것이다. 자신의 몸이 온통 은빛이라는 것을 알고 난 후부터 은빛연어는 이런 생각이 자주 들었다.

'삶이란 견딜 수 없는 것이다!'

그러면 마음속의 또다른 은빛연어가 말했다.

'삶이란 그래도 견뎌야 하는 것이다.'

그는 마음속에 두 마리의 연어를 갖게 된 것이다.

어느 날 은빛연어는 동무들에게 말했다.

"내 몸의 비늘보다 마음속을 들여다봐주렴."

가까이서 헤엄치던 한두 마리의 연어가 귀찮은 표정으로 몇 마디 물었다.

"마음을 어떻게 들여다본다는 거지?"

은빛연어는 자기 말에 관심을 가지는 연어가 있다는 생각이 들어 무척 기뻤다.

"그건 말이야, 외양보다 내면을 본다는 건데, 음……"

그는 하도 오랜만에 속마음을 내비치는 때문인지 자꾸 더듬거리고 있다. 마음속에 들어 있는 수많은 말들이 끊어진 사슬처럼 툭툭 질서 없이 튀어나온다.

"그러니까…… 내면이란 건…… 보이지 않는…… 뭐랄까……"

"네 말은 너무 어려워서 잘 모르겠는걸."

그들은 재미없다는 듯 등을 돌리고 바삐 먹이를 찾아 가버린다.

은빛연어를 옆에서 보고 있던 연어들이 코웃음을 흥, 하고 친다. 그들은 고개를 절레절레 흔들더니,

"보호받는 것을 고맙게 여겨야지, 무슨 뚱딴지 같은 소리람."

하면서 저희끼리 몰래 속닥거린다.

"그래, 은빛연어 때문에 우리가 적에게 제일 먼저 공격을 당할지도 모른다구."

이렇게 동무들이 비아냥대는 소리를 들으면 은빛연어는 몸이 화끈거린다.

사실 연어떼가 남쪽으로 이동을 시작할 때부터 은빛연어는 대열의 한복판에서 헤엄을 치게 되었다. 그 결정은 턱큰연어가 내린 것이다. 턱큰연어는 연어떼의 지도자다. 그는 남들 앞에서 우쭐대기를 좋아한다. 아주 사소한 것을 말할 때에도 그는 목소리를 낮추는 법이 없다. 그가 늘 자신만만한 목소리로 말을 하다가 보니까 자연스럽게 턱이 커졌고, 그래서 그런 이름이 붙었다.

턱큰연어는 이동 준비를 마친 연어떼 앞에서 큰 턱을 앞으로 내밀며 말했다.

"한눈을 팔아서는 안 된다! 뒤를 돌아보지 마라! 수면 가까이

떠올라 헤엄을 치면 안 된다!"

턱큰연어는 연어들의 법률이다.

"그리고, 너!"

그 큰 턱은 은빛연어를 가리킨다.

"너는 언제나 무리의 한가운데서 헤엄을 쳐야 한다. 너는 적들의 눈에 잘 띌 위험이 있는 것이다. 살아서 고향으로 돌아가고 싶거든 내 말을 따르도록 하라."

그리하여 다른 연어들은 은빛연어의 주위에서 보호 벽이 되었다. 앞에도, 뒤에도, 왼쪽에도, 오른쪽에도, 위에도, 아래에도 온통 연어들이었다. 그것은 은빛연어에게 안전한 울타리가 아니었다. 그것은 캄캄한 어둠 그 자체였다.

그 후로 은빛연어는 점점 외톨박이가 되어갔다. 수많은 연어들 중에 그의 말상대가 되어주는 연어는 그래도 누나뿐이었다.

"내 동무들은 왜 나를 따돌리지?"

"왜 따돌린다고 생각하니? 오히려 너를 감싸고 있잖아?"

누나는 무엇이든 긍정적으로만 생각하려고 한다. 그게 은빛연어는 답답했다. 누나는 아니다, 라는 단어를 모르는가? 아니면 알면서도 모르는 척하는 것인가?

"나는 보호받으면서 따돌림당하는 것보다는, 보호받지 않고 자유로워지고 싶거든."

"자유?"

누나는 자유, 라는 말을 듣고 눈이 휘둥그레진다.

자유, 라는 말은 연어들이 사용해서는 안 되는 말 중의 하나다. 반항, 가출, 불복종, 저항, 파괴, 놀이, 혁명 등의 단어와 함께. 이 단어들을 쓰면 고향으로 돌아가 알을 낳을 수 있는 연어는 한 마리도 남지 않을 거라고 턱큰연어는 경고하곤 했다.

"나도 자유롭게 헤엄을 치고 싶어. 바닷속을 마음껏 구경하고 싶다구. 나는 이 바다의 모든 것들을 내 눈 속에 담고 싶거든."

누나는 누가 듣지는 않는지 주변을 한 바퀴 둘러본다.

"물론 나는 너를 이해할 수 있단다. 하지만……"

누나는 언제나 이해할 수 있다고 말한다.

"그건 모두 다 너를 위해서야. 너는 참을 줄도 알아야 한단다. 그래야 나중에 커서 훌륭한 연어가 되지."

은빛연어는 답답해서 아가미가 터질 것 같다.

"나는 네가 참 걱정스러워."

그러나 은빛연어는 누나가 훨씬 더 걱정스럽게 여겨진다. 그래서 그는 이런 생각을 해보는 것이다.

'누나는 늘 걱정만 하는 존재다. 누나는 나를 왜 옆에서 보지 못할까? 불곰과 물수리가 위에서 물고기를 내려다보듯이 누나도 나를 위에서 보려고 한다. 또한 누나는 걱정하는 척하면서 간섭하려고 든다. 간섭하는 게 사랑의 표시라도 되는 듯이. 누나는 사랑이 간섭이 아니라는 것을 모른다. 오히려 묵묵히 바라보거나 나란히 헤엄치는 것이 사랑이라는 것을 정말 누나는 모르는 것이다.'

그럴 때마다 은빛연어는 동무들로부터 멀리 떠나고 싶다는 생각을 했다.

'떠나자!'

하고 은빛연어가 생각을 하면,

'떠나서는 안 돼.'

하고 마음속의 또다른 은빛연어가 그를 붙잡는 것이었다.

은빛연어는 머릿속으로 수없이 떠났지만, 실제로는 한 번도 떠나지 못하였다.

사실 그의 마음을 붙잡고 있는 것은 누나인지도 모른다. 은빛연어 대신에 물수리의 밥이 되고 만 누나연어! 누나가 은빛연어에게 마지막으로 남기고 간 선물은, 이 세상에서, 끝까지, 살아남아야 한다는 것인지도 모른다.

햇볕이 무척 맑은 날이다.

며칠째 흐린 하늘에서 눈이 쏟아지더니 오늘은 바닷속 깊숙한 곳까지 햇볕이 비쳐든다. 바다는 제 가슴에다 푸른 잉크를 알맞게 풀어놓고 있다. 그러고 나서 바다는 착한 짐승처럼 순해져서 건드리기만 해도 시원한 울음소리를 낼 것 같다.

연어 무리에게도 모처럼 한가한 시간이 주어졌다. 이런 시간에는 되도록 영양가 높은 먹이를 많이 먹어 두어야 한다. 산란을 위해 강을 타고 오를 때는 아무리 맛있는 게 있어도 절대로 먹으면 안 된다. 그러니까 미리부터 몸속에 에너지를 저장해 두어야 하는 것이다.

식성이 좀 까다로운 은빛연어는 무엇보다 새우를 좋아한다. 새우 특유의 고소한 맛은 언제나 입안에 군침을 감돌게 하는 매력이 있다. 하지만 과식은 하지 않는다. 자기 욕망의 크기만큼 먹을 줄 아는 물고기가 현명한 물고기라고, 그는 생각한다. 연어는 연어의 욕망의 크기가 있고, 고래는 고래의 욕망의 크기가 있는 법이다. 연어가 고래의 욕망의 크기를 가지고 있다면 그는 이미 연어가 아닌 것이다. 고래가 연어의 욕망의 크기를 가지고 있다면 그는 이미 고래가 아닌 것처럼. 연어는 연어로 살아야 연어인 것이다.

은빛연어는 배가 든든해지자 혼자서 물가로 가만가만 고개를 내밀어본다. 그러면 바다가 제 가슴의 창문을 열고 세상을 보여준다. 하지만 그것은 매우 위험한 행동이다. 이 세상에는 언제나 동무들의 숫자보다 적들의 숫자가 많기 때문이다.

오랜만에 바라본 눈 덮인 대지는 끝없이 눈부신 은빛이다. 연어떼는 지금 눈과 얼음의 땅인 알래스카 부근을 지나가고 있는 것이다. 은빛연어는 자기 몸의 빛깔과 눈으로 덮인 대지의 빛깔이 하나인 것을 보고는 감격하지 않을 수 없었다. 은빛과 또 하나의 은빛. 자기와 닮은 것을 만나면 누구나 친근감을 가지는 법이다. 그런데 그것도 매우 위험한 생각 중의 하나다. 물속에서 사는 물고기에게 대지는 화해할 수 없는 가장 큰 적이니까.

하지만 은빛연어는 바다가 제 가슴을 열고 보여주는 세상이 좋았다. 물속이 아닌 대기의 서늘한 바람 냄새를 맡는다는 것은, 머

릿속으로 생각만 해도 즐거운 일이다. 그는 마음속의 또다른 은빛
연어에게 물어본다.

'연어는 왜 물속에서만 살아야 하지?'

마음속의 은빛연어는 아무 대답이 없다.

'나는 물속이 감옥처럼 여겨질 때가 있어.'

그래도 아무 대답이 없기는 마찬가지다.

이때 은빛연어의 머리 위로 갑자기 거대한 검은 그림자의 자취
가 내리덮치는가 싶더니,

"어서 피해!"

라는 짧은 외마디 비명이 귓가를 스쳐간다.

그것은 순식간에 일어난 일이었다.

은빛연어는 문득 욱신거리며 쓰려오는 배를 겨우 가누고 주위
를 둘러본다. 찢어진 연어 비늘 몇 개가 물속에 질서 없이 떠다니
고 있고, 어디선가 피냄새가 난다. 그는 황급히 이쪽저쪽으로 몸을
비틀어 다친 곳이 없나 살핀다. 그러나 이상하게도 은빛연어의 몸
은 말짱했고, 비릿한 피냄새만이 점점 짙어지는 것이다. 피냄새를
좋아하는 상어떼에게 들키기라도 하면 큰일이다.

누가 가까이 다가오는지 미세한 파동이 느껴진다.

"괜찮니?"

물방울 구르듯 또랑또랑한 목소리다.

어느 틈엔가 다른 연어 한 마리가 옆에 다가와 말을 건네는 것이다.

은빛연어는 그제야 정신을 차리고 곁눈질로 그 연어를 가만히 본다.

"괜찮니?"

상냥한 목소리의 주인은 등이 검푸르고 배가 하얀 그저 보통 연어였다. 그렇지만 그녀의 눈은 맑은 밤하늘의 별처럼 반짝반짝 빛을 내고 있었다.

언젠가 은빛연어는 턱큰연어 몰래 바다 위로 얼굴을 내밀고 밤하늘을 구경한 적이 있었다. 마치 물소리가 날 것 같던 은하수, 어둠 속에 점점이 박혀 각자 제 빛깔을 자랑하던 이름 모를 수많은 별들. 그때 은빛연어는 별이 하늘의 눈망울이라고 생각했던가?

"내 이름은 눈맑은연어란다."

그녀는, 은빛연어가 한가하게 몽상에 빠져 있을 때 멀리서 은빛연어를 바라보고 있었던 것이다.

"불곰이 그 커다란 손으로 너를 노리고 있었어. 조금만 더 물가로 나오기를 말이야. 너는 무슨 생각에 잠겨 있는 것 같았고. 그 불곰이 너를 내리치는 순간, 내가 소리를 치면서 꼬리지느러미로 너를 힘껏 떠다밀었지. 괜찮니? 아프지 않니?"

이렇게 묻는 눈맑은연어의 등지느러미는 찢어져서 힘없이 너덜거리고 있었다. 그리고 상처에서 조금씩 피가 흐르고 있는 게 아닌가. 은빛연어는 아, 하고 탄식을 내뱉는다. 눈맑은연어는 은빛연어가 위험에 처한 것을 미리 알아채고 자신의 몸을 던져 곰으로부터 그를 구한 것이다.

"어떻게 나를?"

"네가 은빛으로 덮인 비늘 때문에 외톨박이가 되었을 때부터 나는 너를 먼 곳에서 보고 있었거든."

이럴 때, 고맙다고 해야 할지, 미안하다고 해야 할지 은빛연어는 모른다. 하나밖에 없는 몸을 아끼지 않고 자신을 죽음으로부터 구해준 눈맑은연어에게 무슨 말을 해야 하나? 죽어도 은혜를 잊지 않겠다고 말해야 하나? 나도 언젠가는 너를 도와주겠노라고, 그래서 너를 이제부터 그림자처럼 따라다니겠노라고 말해야 하나?

'나는 나 아닌 연어를 위해 과연 목숨을 걸 수 있을까?'

자기 자신에게 이렇게 물어보던 은빛연어의 입에서,

"너 많이 아프겠구나."

라는 말이 불쑥 튀어나온다.

겨우 이런 말로 감사의 표시를 하는 게 아니라는 생각이 들었으나, 그렇다고 말을 다시 주워 담을 수도 없다.

"나는 아프지 않아."

"등지느러미에서 지금도 피가 흐르고 있잖아."

"괜찮아."

눈맑은연어는 아무렇지도 않다는 듯이 일부러 이리저리 헤엄을 쳐 보인다. 문득 그녀의 목소리가 들린다.

"네가 아프지 않으면 나도 아프지 않은 거야."

"그게 무슨 말이지?"

그녀는 대답 대신에 한참 동안이나 은빛연어를 바라본다.

그녀의 두 눈이 아까보다 더 초롱초롱하게 빛나는 것 같다. 무슨 말을 꺼낼 듯이 입을 오물거리다가 그녀는 그만 연어 무리가 있는 쪽으로 사라지고 만다. 그녀가 흘린 피냄새가 한동안 가시지 않는다.

은빛연어는 눈맑은연어가 남기고 간 말을 곰곰 되씹어본다. 네가 아프지 않으면 나도 아프지 않은 거야, 라는 그 말을. 그 한 마디 말이 머릿속에서 떠나지 않는다. 그 한 마디 말이 벌써 은빛연어의 가슴 깊은 곳까지 들어와버렸나?

시간이 흐르고 있었다.

은빛연어는 눈맑은연어가 보고 싶었다. 상처입은 몸으로 그녀가 사라진 뒤에는 한 번도 서로 마주칠 기회가 없었다. 베링 해를 통과할 무렵에 연어 무리는 자그마치 4천 마리로 불어났던 것이다. 또한 초록강 입구에 도착하기 위해 연어떼는 아주 빠른 속도로 이동을 해야 했다.

눈맑은연어가 보고 싶은 날은 자주 밤하늘의 별을 바라본다. 그녀의 눈동자처럼 반짝이는 별들을 바라보며 은빛연어는 이런 생각을 해본다.

'별들이 저렇게 반짝이는 건 나에게 누군가 신호를 보내고 있다는 뜻일 거야. 나 여기 있다고, 나 아무 일 없이 잘 있다고, 눈맑은연어가 나에게 끊임없이 마음으로 말하기 때문일 거야.'

은빛연어는 머리를 흔든다. 그가 머리를 흔들 때마다 잔잔하던 수면이 파르르 소리를 내며 웃는 것 같다. 눈맑은연어에 대한 생각을 지워보려고 가장 깊은 곳까지 잠수해 들어가보기도 했지만, 은빛연어의 눈은 자기도 모르는 사이에 또 별들을 올려다보고 있는 것이다.

'저 별빛은 내가 그녀에게 보내는 신호인지도 몰라. 그녀하고 나하고만 아는 마음이 별빛이 되어 빛나고 있는 건지도 몰라.'

그러면 밤하늘의 별들은 자꾸 보고 싶다, 보고 싶다, 보고 싶다, 라면서 깜박거리는 것이다. 보고 싶다, 라는 말보다 더 간절한 말은 이 세상에 없을 것이라고 은빛연어는 생각한다. 연어 무리의 엄격한 법률인 턱큰연어의 명령도 이 보고 싶음에 견준다면 한낱 물방울 같은 것이다. 동무들에게 둘러싸여 이동을 해야 하는 막막함도 이 보고 싶음에 비한다면 아무것도 아니다.

그리움, 이라고 일컫기엔 너무나 크고, 기다림, 이라고 부르기엔 너무나 넓은 이 보고 싶음. 삶이란 게 견딜 수 없는 것이면서 또한 견뎌내야 하는 거래지만, 이 끝없는 보고 싶음 앞에서는 삶도 무엇도 속수무책일 뿐이다.

여태껏 한 번도 맡아보지 못한 아주 이상한 냄새가 난다. 그 새로운 냄새는 웬일인지 낯설다는 느낌이 들지 않는다. 언젠가 몸속을 적시고 간 아련한 추억의 냄새, 그런 게 있다면 바로 이런 것일까? 얼굴도 모르는 어머니의 속살 깊은 곳에 숨어 있었을 것 같은 냄새. 아니면 아버지의 냄새가 이런 것일까?

연어들은 조금씩 흥분을 하기 시작한다.

비로소 초록강이 가까워졌다는 뜻인가?

여기가 초록강의 입구라면, 매서운 눈알을 굴리는 물수리도, 동굴 같은 입으로 연어떼를 후루룩 삼키는 상어도, 알래스카의 얼음 위에서 연어떼를 노리는 불곰도, 바다사자도, 바다 밑바닥까지 샅샅이 훑는 연어잡이 저인망 어선도 이제부터 나타나지 않을 것이다. 여기가 초록강의 입구라면, 말로만 듣던 고향으로 가는 길이라면……

지느러미가 물을 헤치는 속도가 점점 빨라지고 있다. 뭔가 싱싱한 기운이 내부에서 솟구쳐오른다. 강물 냄새는 점점 짙어지고 있다. 연어들은 강물 냄새가 나는 쪽으로 일제히 헤엄치는 방향을 바꾸고 있었다. 무슨 정해놓은 약속이라도 있는 듯이.

은빛연어는 동무들에게 둘러싸여 강물 냄새가 나는 쪽으로 몸을 튼다. 강물이 바닷물에 섞이면서 물속의 염분이 훨씬 줄어든 느낌이 든다. 이 초록강 입구에서 상류까지는 그렇게 멀지 않다고 들은 적이 있다. 여기서 잠시 강물 적응 기간을 보낸 뒤 강을 거슬러 오르기만 하면 된다. 모든 고통이 거의 끝나간다는 생각이 들자 은빛연어는 몸이 노곤해진다.

그때 그의 눈앞으로 뭔가 번쩍, 하고 스쳐 지나가는 빛 한 줄기가 보인다. 그 빛이 너무나 강렬해서 은빛연어는 순간적으로 눈앞이 캄캄해질 지경이었다. 그 빛나는 물체는 무리가 방향을 틀자 이내 은빛연어의 왼쪽에 바짝 다가와 있었다.

"안녕?"

그 물체는 다름아닌 눈맑은연어였다. 그녀의 목소리가 다시 귓전에 울린다.

"은빛연어야, 너 그동안 무척 힘들었지?"

은빛연어는 부끄러운 곳을 들켜버린 것 같아 얼굴이 달아오른다.

"이제 아무 걱정 하지 마. 내가 옆에 있어줄 테니까."

"……"

둘 사이에 한참 동안 침묵이 흐른다. 하지만 이렇게 계속 머뭇거리고 있는 것도 어색한 일이다. 은빛연어가 용기를 내어 이번에는 먼저 말을 꺼낸다.

"넌 그동안 어디에서 지냈니?"

"먼 곳에 있었지."

"먼 곳이라구?"

"그래…… 우리가 만나기 전에는 둘 다 서로 먼 곳에 있었지. 너는 나의 먼 곳, 나는 너의 먼 곳 말이야. 우리는 같이 숨쉬고 살면서도 서로 멀리 있었던 거야. 하지만 이제는 그렇지 않아."

"듣고 보니까 그런 것도 같구나. 그러면 내가 하나 더 물어봐도 될까?"

"뭔지 말해보렴."

"아까 네가 내 앞으로 지나갈 때 말이야. 그때 내 눈에 번쩍, 하는 빛이 보였거든."

"빛이?"

"틀림없이 봤어, 내 눈을 멀게 할 것처럼 강렬한 빛을."

눈맑은연어의 입안에 있던 공기방울이 뽀그르르 물 위로 흩어진다. 그녀가 웃음을 짓고 있다는 뜻이다.

"그건 마음의 눈으로 나를 보았기 때문일 거야. 마음의 눈으로 보면 온 세상이 아름답거든."

마음의 눈! 얼마나 오랜만에 듣는 말인가. 마음으로 세상을 볼 줄 아는 친구를, 눈맑은연어를 은빛연어는 오래도록 바라보며 해야 할 말을 잊고 있었다.

눈맑은연어를 다시 만나면서 은빛연어에게는 큰 변화가 일어났다.

그 하나는 초록강 입구에서 벌어지는 모든 일들이 예삿일로 여겨지지 않는 것이었다. 전에 같았으면 무심코 넘겨버릴 일들이 은빛연어에게는 하나하나 소중한 의미가 되어 다가왔다. 작은 돌멩이 하나, 연약한 물풀 한 가닥, 순간순간을 적시고 지나가는 시간들, 전에는 하찮아 보이던 이 모든 것들이 소중한 보물처럼 여겨졌다. 이 세상을 위해 존재하지 않는 사물은 하나도 없는 것 같았다. 그리하여 이 세상에는 버릴 것이 하나도 없어 보였다.

특히 은빛연어는 물속의 온갖 소리들을 듣기 위하여 오래오래 귀를 열고 있는 시간이 좋았다. 그동안 사나운 적을 피하거나 먹이를 구하는 데 주로 쓰였던 청각은, 이제 세상의 미세한 움직임을 모두 받아들이고 이해하는 통로가 되고 있었다.

은빛연어는, 갈대밭에서 벌레들이 우는 소리를 들었고, 철교를 건너는 먼 기차 소리를 들었고, 연어떼들이 상류로 오르기 위해 짝 짓는 소리를 들었고, 물 위에 풍금을 치는 듯한 빗소리를 들었고, 분가루처럼 연한 모래알들이 물살에 떠밀려내려오는 소리를 들었고, 그 소리를 껴안고 흐르는 깊은 강물 소리를 들었다.

그 소리에 귀를 기울이고 있을 때면, 언제나 눈맑은연어가 옆에 와 있었다.

"내가 여기 와 있는 줄 몰랐지?"

눈맑은연어가 눈을 흘기면서 말했다.

"아니야. 네가 어디에 가 있든지 나는 늘 너를 보고 있는걸."

하고 은빛연어가 말했다.

"사실은 나도 그래. 그리고 나는 네가 지금 무슨 소리를 듣고 있는지, 무슨 생각을 하고 있는지도 알아."

눈맑은연어의 두 눈이 초롱초롱하게 빛나고 있다. 눈맑은연어는 은빛연어를 바라본다. 은빛연어에게 언젠가는 해주고 싶었던 말을 이제 해야 할 때가 된 것 같다. 은빛연어에게만 속삭이고 싶었던 말, 은빛연어만이 이해해주리라 믿고 싶은 말, 또 언젠가는 은빛연어에게 듣고 싶은 말.

그녀는 은빛연어의 귀에다 대고 들릴락말락한 소리로 말했다.

"세상을 아름답게 볼 줄 아는 눈을 가진 연어만이 사랑에 빠질 수 있는 거야."

은빛연어의 가슴은 표현할 수 없는 어떤 힘으로 가득 차 오른다. 눈맑은연어를 만난 이후의 은빛연어는 그가 알고 있던 수많은 연어들의 이름과 주소와 취미와 특기를 잊어버렸다. 그의 머릿속을 채우고 있던 모든 과거의 기억들이 사라져 그는 빈털터리가 되었다. 눈맑은연어 한 마리가 그 비어 있는 자리를 온통 채웠기 때문이다. 모든 과거가 의미 없는 것이었다면 눈맑은연어, 그녀는 의미 있는 현재다. 은빛연어는, 의미 없는 물이 출렁이던 속을 말끔히 비워내고 이제 비로소 신선하고 푸른 바람을 가득 채운 항아리가 된 것이다.

그리고 새로운 변화는 몸에서도 일어났다.

초록강 입구에 도착해서부터, 좀더 정확하게 말하면 눈맑은연어를 다시 만나고부터 은빛연어의 비늘에 발그레한 분홍색이 감돌기 시작한 것이다. 눈맑은연어의 몸에도 눈에 띄게 새로운 변화가 일어나고 있었다. 오히려 그녀의 몸에는 은빛연어의 몸보다 더 붉은 주홍색 반점이 하나둘 생겨나고 있었다. 며칠이 지나도 그 붉은 빛깔은 몸에서 가시지 않았고, 더 짙게, 더 붉은빛으로 몸을 감싸는 것이었다.

가을이 깊어가고 있었다.

때마침 빨갛게 물든 단풍잎들이 강물에 실려 동동 떠내려오는 게 보였다.

은빛연어는 단풍잎들에게 물었다.

"너희는 왜 몸이 빨갛게 물들었니?"

"가을이 깊었기 때문이야."

단풍잎들이 입 모아 말했다.

"가을이라구?"

"그래. 가을이 깊어지면 우리 단풍잎들은 모두 떠나야 해. 한 해 동안 매달려 있던 나무로부터 떠나는 거야."

"떠나는 일은 슬픈 일이잖아?"

은빛연어는 안쓰러운 얼굴로 단풍잎들을 바라본다.

"아니야. 우리가 떠나야만 내년에 더 많은 단풍잎들이 나무에 매달리게 되는걸. 그런데 너희 연어떼는 어디로 가니?"

"우리는 초록강 상류로 돌아가고 있어."

"왜?"

"그건 아직 나도 잘 모르겠어."

"그러면 너희는 왜 몸이 붉게 물들었니?"

단풍잎도 연어들의 몸빛깔이 붉어지는 게 궁금한 모양이다.

"그것도 잘 모르는 일이야."

단풍잎들은 어느새 그 숫자를 헤아릴 수 없이 불어나 강 표면을 가득 덮고 있었다. 물속의 연어떼는 강을 타고 올라가고, 물 위의 나뭇잎들은 강을 따라 아래로 내려가고 있었다.

은빛연어는 눈맑은연어에게 물어보기로 하였다.

"왜 몸이 발갛게 물드는 거지?"

눈맑은연어는 대답 대신에 은빛연어의 눈을 뚫어지게 바라본다. 그러고는 조용히 입을 연다.

"우리들의 몸이 붉게 물드는 것은 어른이 되었다는 뜻이고, 그리고……"

"그리고?"

"우리는 사랑에 빠진 거야. 사랑에 빠져 결혼을 할 때가 되면 모든 연어들은 몸 빛깔이 붉게 변하거든."

"사랑이라구? 그러면 나쁜 병이 아니로구나, 붉은 얼룩이. 하하하."

은빛연어는 환하게 웃는다.

그는 괜한 일로 며칠이나 고민에 빠져 있었다는 사실 때문에 겸연쩍은 생각이 들었다. 그런데 가만히 생각해보니 어른이 된다는 게 두렵기도 하다. 책임, 이라는 말이 언뜻 머리를 스치고 지나갔기 때문이다. 죽은 누나가 전에 말했었다. 어른이 되면 책임져야 할 일들이 엄청나게 많아진다고.

그래서인지 눈맑은연어도 전에 없이 심각한 표정이다. 천천히 그녀가 말했다.

"결혼을 하면 알을 낳아야 돼."

"알이라구?"

"그래, 너는 잘 모르겠지만 나는 뱃속에 이미 수많은 알을 품고 있어."

"네가 정말?"

은빛연어는 깜짝 놀란 표정으로 눈맑은연어를 바라본다. 눈맑은연어는 무거운 표정이었지만 그 무거움 속에는 어떤 각오가 이미 자리잡고 있는 듯이 보인다. 은빛연어는 괜히 마음이 무거워진다.

"너는 기쁘지 않니? 너의 도움이 필요해."

은빛연어가 나도 기뻐, 하고 선뜻 대답하지 못하자, 눈맑은연어가 계속 말을 잇는다.

"우리는 알을 낳기 위해 지금 우리가 태어난 상류로 가는 거야."

잠자코 듣고 있던 은빛연어가 머리를 흔들며 물었다.

"상류에다 알을 낳기 위해서? 오직 그것 때문에?"

눈맑은연어가 침착하게 말했다.

"그게 우리가 살아가는 이유야."

"그만, 그만해!"

갑자기 은빛연어는 눈맑은연어의 말을 끊었다. 그는 머릿속이 복잡해진 것이다.

'모든 연어들이 죽음의 고비를 숱하게 넘기면서 여기까지 왔다. 앞으로도 적지 않은 어려움들이 연어떼를 가로막을 것이다. 그런데 이 험난한 고비를 넘기고 살아남은 이유가 고작 알을 낳기 위해서라고? 연어들이 만나서 사랑하고 결혼하는 것이 모두 알을 낳기 위해서라고?'

은빛연어는 이 사실을 믿고 싶지가 않았다.

'알을 낳기 위해 사는 것은 먹기 위해 사는 것과 무엇이 다른가. 분명히 삶에는 또다른 이유가 있을 것이다.'

은빛연어는 눈맑은연어에게 말했다.

"우리가 강을 거슬러오르는 이유가 오직 알을 낳기 위해서일까? 알을 낳기 위해 사랑을 하는 것, 그게 우리 삶의 전부라고 너는 생각하니? 아닐 거야. 연어에게는 연어만의 독특한 삶의 이유가 있을 거야. 우리가 아직 그것을 찾지 못했을 뿐이지. 그 이유를 찾지 못하면 우리 삶이란 아무 의미가 없는 게 아닐까?"

"글쎄, 네 생각이 틀렸다고 말하지는 않겠어. 어쨌든…… 나는…… 알을 낳아야 해. 그 누구도 아닌, 너와 나의 알을 말이야."

눈맑은연어는 은빛연어에게 부풀어오른 하얀 배를 보여주고
싶었다. 은빛연어에게 마음의 눈으로 알을 한번 보라고 말해주고
싶었다. 상류로 가서 뱃속에 있는 알을 낳는 일, 그 중요한 일을
선뜻 이해하지 못하는 은빛연어가 자꾸 안쓰럽게 여겨지는 것이
었다.

"나뭇잎들은 왜 강 아래로 내려가지요?"
은빛연어가 신기해하면서 묻자,
"그건 거슬러오를 줄 모르기 때문이야."
하고 초록강이 말했다.
"거슬러오른다는 건 또 뭐죠?"
다시 은빛연어가 묻자, 초록강은 물살을 약하게 조절하면서 웃
는다. 그때 강은 마치 흐름을 멈춘 것처럼 보인다. 하지만 흐름을
멈춘 강이란 이 세상에 없다. 강물은 쉬지 않고 흐른다. 속이 깊은
강일수록 흐름을 겉으로 드러내지 않을 뿐이다.
"거슬러오른다는 건 뭐죠?"
초록강은 여전히 웃기만 하고 대답을 하지 않는다. 초록강은 대
답 대신에,
"은빛연어야, 너는 너 혼자의 힘으로 강을 거슬러오른다고 생각
해서는 안 돼."

하고 말했다.

"그럼요?"

"혼자라는 건 아무것도 아니야. 연어 무리는 특히 그렇지. 연어가 아름다운 것은 떼를 지어 거슬러오를 줄 알기 때문이야."

"왜 우리는 거슬러오르는 거지요?"

"거슬러오른다는 것은 지금 보이지 않는 것을 찾아간다는 뜻이지. 꿈이랄까, 희망 같은 거 말이야. 힘겹지만 아름다운 일이란다."

은빛연어는 초록강의 말을 한 마디도 빼놓지 않고 듣겠다는 듯이 꼼짝도 하지 않고 귀를 기울인다.

"강물이 왜 하류로 흐르는지, 너는 아니?"

"그건 거슬러오를 줄 모르기 때문인가요?"

"하하하하."

초록강이 큰 소리로 웃었다. 강이 크게 웃으면 강가에 철썩철썩 물살이 이는데, 강가의 갈대밭 전체가 흔들릴 정도다. 은빛연어는 초록강의 말을 너무 쉽게 받아넘겼다는 것을 뒤늦게 알아차린다.

"강이 하류로 흐르는 건 연어들을 거슬러오르게 하기 위해서야."

"그럼 우리는 강물 때문에 거슬러오르는 것이군요."

"그래. 강물은 아래로 흐르면서 연어들을 가르친단다."

"가르친다구요?"

초록강이 천천히 말을 잇는다.

"강물은 아래로 흐르면서 자신의 물살과 체온을 연어들에게 가르친단다. 그리고 길을 가르쳐주지. 연어들이 반드시 강을 거슬러 올라야 한다는 것을, 또한 거슬러올라야 하는 이유를 말이야."

은빛연어는 비로소 고개를 끄덕인다. 아닌게 아니라 강은 자신의 몸 전체로 연어들의 길을 가르쳐주고 있었던 것이다.

"거슬러오르는 것은 희망을 찾아가는 거라 하셨죠?"

"그렇단다."

"그럼 희망이란 알을 낳는 것인가요?"

은빛연어는 실망한 듯 묻는다.

"글쎄…… 그럴 수도 있고, 아닐 수도 있지."

"아저씨! 그런 대답이 어디 있나요."

은빛연어가 투정하듯 대들자 강이 말한다.

"그러면 은빛연어야, 너의 희망은 뭐니?"

초록강의 갑작스런 물음에 은빛연어는 막바로 대답을 하지 못한다. 은빛연어는 너무 많은 희망을 가슴속에 품고 있는 것이다. 그런데 막상 희망에 대해서 아무 말도 하지 못하는 것은 무슨 까닭일까? 희망이란 정말 보이지 않는 것이라고 은빛연어는 생각한다.

속 깊은 아저씨같이 고요하고 푸른 강물. 그 따뜻함 속에 몸을 담고 있으면 강이 고여 있는 것인지, 흐르고 있는 것인지를 구별할 수 없을 정도로 아늑하다.

"은빛연어야, 너는 바다를 보았겠구나."

초록강은 바다에 대해서 궁금해하는 것 같았다. 강은 아직 바다에 닿지 못한 것이다.

"네가 본 바다에 대해서 나한테 이야기해줄 수 있겠니?"

은빛연어는 바다 이야기라면 자신이 있다.

"바다는 끝이 없어요."

"얼마나 넓기에 끝이 없다는 거지?"

"넓이가 아니라 싸움이 끝날 날이 없다는 거예요. 서로 물고 뜯고 죽이는 싸움 말이에요. 그 싸움 때문에 거친 파도가 잘 날이 없어요."

은빛연어의 말을 듣고 강이 혼잣말이라도 하듯 낮은 목소리로 말한다.

"너는 네 아버지와 똑같이 말하는구나."

아버지, 라는 말에 은빛연어는 귀가 솔깃해진다.

"그럼 아저씨는 제 아버지를 아세요?"

"알고말고."

은빛연어는 아버지 이야기를 해달라고 졸라댄다.

"네 아버지도 너처럼 은빛 비늘로 온몸이 빛나는 연어였단다."

"아하, 그랬군요."

은빛연어는 갑자기 가슴이 뛰는 것을 느낀다. 그러다가 가슴속이 뭉클해지기도 하고 꽉꽉 막히는 것 같기도 하다. 아버지의 은빛 비늘을 상상해보는 그의 눈에는 눈물이 핑 돈다.

"그럼 저는 은빛 비늘만 아버지를 닮았나요?"

"겉모습뿐만 아니라 네 마음도 아버지를 쏙 빼닮은 듯하구나. 네 아버지는 마음을 훤히 읽을 줄 아는 연어였어."

초록강은 옛날을 더듬고 있었다.

"네 아버지는 연어 무리의 지도자였지. 500마리나 되는 연어들을 이끌고 초록강으로 돌아왔단다. 굉장했지. 모든 연어들이 네 아

버지를 존경했고, 네 아버지는 또 모든 연어들을 사랑으로 대했단
다. 나는 이제까지 그런 거대하고 엄숙한 풍경을 본 적이 없어. 아
마 앞으로도 없을 거야."

초록강은 그때의 감격을 회상하고 있는 듯 얼굴이 상기된다. 강
물 위로 저녁놀이 지고 있다.

"그런데 짧은 사이에 모든 것이 너무 빨리 변하는 세상이야."

"무슨 일이 있었나요?"

초록강은 잠시 망설이는 듯하다. 지나간 과거, 특히 아픈 기억
의 과거를 함부로 말하는 것은 아주 조심해야 한다는 것을 그는 잘
안다. 기억이란 쓸데없는 오해를 불러일으킬 위험이 늘 있는 것이
다. 하지만 은빛연어에게는 사실을 제대로 이야기해줄 필요가 있
다. 아버지를 모르는 은빛연어에게 아버지의 역사를 귀띔해준다
는 것, 그것은 은빛연어에게 살아가야 할 또다른 이유가 될지도 모
르기 때문이다.

"네 아버지는 쉬운 길을 가지 않는 연어였어."

"쉬운 길이란 어떤 길인데요?"

"이를테면 인간들이 연어들을 위해 만들어놓은 물길 같은 거 말
이야. 그 길로 가면 힘들이지 않고 상류로 갈 수도 있지. 하지만 네
아버지는 그런 길을 믿지 않았어."

"잘 이해가 되지 않는군요."

"네 아버지는, 연어들에겐 연어들의 길이 있다고 늘 말했지. 옛날에는 이 강에 폭포가 아주 많았단다."

"폭포라구요? 그게 뭐죠?"

"네 아버지 말대로 하면, 폭포란, 연어들이 반드시 뛰어넘어야 하는 곳, 이라는 뜻이지. 폭포를 뛰어넘지 않고 그 앞에서 포기하거나, 인간들이 만들어놓은 물길로 편하게 오르려는 연어들에게는 폭포란, 도저히 뛰어넘을 수 없는 두려운 장벽일 뿐이지."

"폭포 때문에 무슨 일이 있었던 게로군요."

"그래. 폭포를 앞에 두고 폭포를 뛰어올라야 한다는 네 아버지 쪽과 그 반대 세력 사이에 갈등이 생겨난 거야."

은빛연어는 점점 궁금한 것이 많아져 다그치듯 물었다.

"그들은 왜 지도자인 아버지의 말을 듣지 않았죠?"

"폭포를 뛰어오르려면 희생이 크다는 게 그들의 주장이었어. 하지만 네 아버지 생각은 달랐어. 한순간의 희생은 슬프고 가슴 아픈 일이지만, 먼 훗날을 위해서 폭포를 뛰어올라야 한다는 거였지."

"먼 훗날을 위한다는 건 또 뭐죠?"

"연어들이 편한 길로 가는 것을 좋아할수록 연어들은 해가 갈수록 차츰 도태되고 만다는 거야. 인간들에게 서서히, 조금씩 길들여지다 보면 먼 훗날 폭포를 뛰어넘을 수 있는 연어는 한 마리도 남지 않게 된다는 게 네 아버지의 생각이었지."

"그 뒤로 어떻게 되었나요?"

초록강은 지는 노을을 슬픈 표정으로 바라보면서 말했다.

"폭포를 뛰어넘는 과정에서 많은 희생자가 생겨났지. 상류에 도착했을 때 네 아버지는 반대 세력들의 비판을 받지 않을 수 없었어. 그래서 네 아버지는 연어 무리의 희생에 대해 정중히 사과하면서 지도자 자리를 내놓겠다고 했지."

"그럼 제 아버지가 스스로 잘못을 인정한 거로군요."

"은빛연어야, 네 아버지는 잘못한 게 없단다. 그때 폭포를 뛰어오르다가 희생된 연어들은 모두 인간들에게 잡혀갔을 뿐이야. 폭포 옆에 숨어 연어를 노리고 있던 인간들, 잘못이 있다면 그 인간들에게 있을 뿐이지. 네 아버지는 연어의 길을 당당히 가고자 했을 뿐이야."

"아아."

은빛연어의 입에서 들릴락말락하게 한숨이 새어나온다. 초록강이 은빛연어를 꼭 껴안아주며 말했다.

"은빛연어야."

"네, 말씀하세요."

"너는 서운하니?"

"아니요."

"그래 그래, 됐다. 너는 지도자가 되지 못했지만, 쉬운 길을 가지 않는 마음이 아버지를 닮았으니 그만하면 됐어. 나도 네가 자랑스럽구나."

강은 그 이후로 은빛연어의 아버지에 대한 이야기를 하지 않았다. 초록강으로부터 그의 아버지 이야기를 듣고 난 이후 은빛연어의 표정은 전보다 몰라보게 밝아졌다. 그는 자신의 은빛 비늘을 창피하게 여기지 않았으며 오히려 자랑스럽게 생각하였다.

그의 동무들이,

"이 은빛 별종아!"

라고 놀리면서 지나가도,

"그래, 나는 은빛연어야."

라고 웃으면서 대꾸하는 연어가 되었다.

자신의 외모 때문에 고민하던 시절이 생각날 때마다 은빛연어는 부끄러워서 어딘가로 숨어들고 싶었다. 그는 동무들에게 마음을 들여다봐야 한다고 말했다. 그리고 마음을 볼 줄 모르는 동무들을 원망하기도 했다. 마음을 보지 못하게 만드는 이 세상은 위선으로 가득 차 있는 것 같았다.

　그런데 그것은 오만으로 가득 찬 생각이었음을 은빛연어는 조금씩 깨닫기 시작했다.

　'나는 남의 마음을 제대로 들여다보고 있는가?'

라고 은빛연어는 자신에게 물어본다. 마음속의 또다른 연어가,

　'아니다.'

라고 말한다.

그렇다. 정작 자신도 들여다보지 못한 마음이 있는 것이다. 무엇보다, 알을 낳기 위해 상류로 간다는, 오직 그게 삶의 이유라는 눈맑은연어의 마음. 그녀가 마음속에 보듬고 있는 수많은 마음의 알들을 은빛연어는 보지 못하고 있는 것이다. 아주 가까운 곳에 있는 것은 보이지 않는 것인가?

은빛연어는 괴로웠다. 그러면 은빛연어가 혼자 괴로워하고 있는 것을 아는지, 초록강이 스스럼없이 그를 껴안아주곤 한다.

"아저씨는 왜 바다로 가고 싶은 거예요?"

"나는 아무 데도 가지 않는걸."

강이 시치미를 떼면서 말한다.

"거짓말하지 마세요. 지금도 쉬지 않고 흐르고 있잖아요."

"물론 그건 맞아. 그렇지만 바다로 가야 할 이유가 있는 것은 아니야."

은빛연어는 강이 엉뚱한 구석이 좀 있다고 생각한다.

"이유 없는 삶이 있을까요?"

"네 말대로 이유 없는 삶이란 없지. 이 세상 어디에도."

"그럼 아저씨의 삶의 이유는 뭔가요?"

"그건 내가, 지금, 여기 존재한다는 그 자체야."

"존재한다는 게 삶의 이유라구요?"

"그래. 존재한다는 것, 그것은 나 아닌 것들의 배경이 된다는 뜻이지."

은빛연어는 배경, 이라는 말이 귀에 거슬렸다. 언젠가, 나의 배경은 턱큰연어야, 라면서 거들먹거리던 연어들이 생각났기 때문이다. 그들은 툭하면 남의 먹이를 빼앗았고, 힘 자랑을 일삼았다. 그들은 연어 무리의 작은 법률이라도 되는 듯 행세했던 것이다. 그래서 배경, 이란 늘 무섭고 어두운 거라고 그는 생각해왔던 것이다.

"배경이란 뭐죠?"

"내가 지금 여기서 너를 감싸고 있는 것, 나는 여기 있음으로 해서 너의 배경이 되는 거야."

"아하!"

똑같은 단어도 누가 사용하는가에 따라서 엄청나게 의미나 느낌이 달라질 수 있다는 것을 은빛연어는 알았다.

예를 들면 상처, 라는 말도 그렇다. 눈맑은연어의 등지느러미에는 불곰의 공격 때문에 입은 상처가 아직도 남아 있다. 그 상처는 찢어진 헝겊 조각처럼 너덜거린다. 그 모습을 보고 다른 연어들은 보기 흉하다며 고개를 돌리기 일쑤다. 그들은 상처, 라는 말을 보기 싫은 흉터로 이해한다. 하지만 은빛연어는 그 상처를 자신의 상처로 마음속에 깊이 새겨 두고 있는 것이다. 다만, 네가 아플 것 같아서 나는 아프지 않을 거야, 라는 말을 하지 못했을 뿐.

"이제 조금 알겠니?"

"네. 별이 빛나는 것은 어둠이 배경이 되어주기 때문이죠?"

"그렇지."

"그리고 꽃이 아름다운 것은 땅이 배경이 되어주기 때문이고요?"

"그렇지."

"그러면 연어떼가 아름다운 것은 서로가 서로의 배경이 되어주기 때문인가요?"

"그래, 그렇고말고."

강은 은빛연어가 대견스럽게 여겨졌다. 은빛연어는 물속뿐만 아니라 하늘과 대지의 이치에도 관심을 가지고 있는 생각 깊은 연어인 것이다. 자연의 아름다움과 그 이치를 안다는 것은 자신이 스스로 자연의 일부임을 안다는 뜻이다. 다만, 자연의 일부이면서도 자연을 얕보는 지상의 인간들만이 그 중요한 사실을 모르고 있을 뿐이다. 강은 그것을 언제나 안타까워했다.

"그럼 나도 누구의 배경이 될 수 있겠네요?"

"네가?"

"왜요? 내가 너무 작아서 안 되나요?"

"아니야."

"그러면요?"

"네가 기특해서 그런 거란다. 몸집이 커야 배경이 되는 게 아니거든. 우리는 누구나 우리 아닌 것의 배경이 될 수 있어."

은빛연어는, 무엇보다 눈맑은연어의 배경이 되고 싶다는 말을
하려다가 참는다.

어느 날 은빛연어는 깜짝 놀랐다.

눈맑은연어와 초록강이 이야기를 나누고 있었던 것이다. 그동안 강하고 이야기를 나누는 상대가 자기 혼자밖에 없는 줄 알았는데 그녀도 마음의 눈으로 대화를 하고 있었던 것이다. 더욱이 눈맑은연어는 강이 어딘가 아프다는 것을 알고 있었다.

그녀는 매우 심각한 표정이다.

"어디 아프세요?"

눈맑은연어가 이렇게 묻자 초록강은,

"응, 조금."

하고 대답한다.

눈맑은연어는 초록강에 몸을 적시면서 강이 조금씩 앓는 소리를 들었다는 것이다. 연어들이 걱정할까봐 강은 그동안 아픈 표정을 속으로 감추고 있었다. 이것을 눈맑은연어가 맨 먼저 알아차린 것이다. 한번은 그녀의 눈이 빨갛게 부어오른 적이 있었는데, 그것은 강이 아프다는 뜻이었다. 세상이 아프면 그녀의 몸이 먼저 아팠던 것이다.

"아픈 곳 좀 보여주세요."

그녀는 부끄러움도 잊은 듯하다.

"실은 아프지 않은 곳이 하나도 없단다. 내 숨구멍이랑 핏줄이랑……"

눈맑은연어는 고개를 갸웃거린다. 그러고는 눈을 더 크게 뜨고 강물 속을 바라본다.

"강물 속의 물방울 하나하나가 아저씨의 숨구멍이고 핏줄이라는 말인가요?"

"그래. 온몸이 아프단다. 피가 잘 돌지 않고 숨이 막힐 때가 있지."

그러고 보니 상류로 올라갈수록 강은 숨을 가쁘게 쉬고 있었던 것이다. 은빛연어는 그저 초록강이 급한 굽이를 도느라 지쳐 있겠거니 생각했는데, 그게 아닌가 보다.

"강가에서 도끼로 나무 찍는 소리가 나던 옛날에는 그래도 살 만했단다. 그런데 지금은 전기 톱날이 돌아가는 소리 때문에 잠을 이룰 수 없을 정도야."

초록강은 한숨을 깊이 내쉰다. 그것은 좀처럼 볼 수 없었던 일이다.

"요즈음은 감당할 수 없는 일들이 자주 생기곤 해. 인간들의 마을에서 색깔도 냄새도 없는 물이 쏟아져들어올 때도 있단다. 나도 늙었나봐."

"그럼 인간들이 아저씨를 병들게 했군요."

눈맑은연어의 목소리가 높아지고 있다.

"글쎄…… 너는 인간이 밉니?"

"밉다마다요. 저는 인간들을 도대체 믿을 수가 없어요. 그들은 물고기를 옆에서 보지 않고 위에서 보거든요. 용서할 수 없는 자들이에요."

초록강은 눈맑은연어의 눈을 그윽하게 들여다보며,

"너는 인간들을 보았니?"

하고 묻는다.

"연어잡이 배의 그물에 수백 마리의 연어들이 잡히는 것을 본 적이 있어요. 그들은 앞으로 연어라는 물고기를 한 마리도 잡을 수 없을지도 몰라요. 연어를 마구잡이로 대하면 지구에 연어가 한 마리도 남아 있지 않을 테니까요."

초록강이 말한다.

"나는 인간들이 두 종류가 있다고 생각해. 낚싯대를 가진 인간과 카메라를 가진 인간."

"카메라가 뭐죠?"

"말하자면 시간을 찍는 기계야."

"점점 어려워서 잘 모르겠는걸요."

"네가 카메라를 가진 인간을 아직 보지 못해서 그럴 거야. 나는 카메라를 가진 인간들을 믿고 싶어. 알고 보면 인간도 자연의 일부거든."

카메라, 라는 낯선 말 때문에 눈맑은연어는 혼란스러워진다. 낚싯대와 그물을 든 인간만 보아왔던 그녀였기에 강이 하는 말을 이해할 수 없었다. 카메라를 든 인간은 도대체 어떤 인간을 가리키는 것일까? 초록강은 그들을 어째서 믿는다는 것일까?

강을 거슬러오르면서 연어들은 몸이 붉어지고 주둥이가 앞으로 튀어나온다. 특히 수컷 연어는 이빨이 날카로워지고 등이 위로 솟아오르기도 한다. 그것은 사랑에 빠졌다는 뜻이고 적으로부터 암컷을 지키겠다는 의지이다.

그런데 은빛연어는 등이 아주 심하게 굽은 연어 한 마리를 만났다. 그의 등은 다른 수컷들과 달리 오른쪽으로 기형적으로 틀어져 있다. 그래서 그가 헤엄을 치지 않고 멈추어 있으면 마치 왼쪽으로 방향을 바꾸기 위해 몸을 틀고 있는 것처럼 보인다.

은빛연어는 그 이상하게 생긴 등굽은연어에게 말을 먼저 걸었다.

"안녕."

등굽은연어는 대답이 없다.

"너는 어쩌다가 등이 그렇게 되었니?"

그래도 그는 대답을 하지 않는다. 은빛연어는 냅다 소리를 지른다.

"너는 입도 없니!"

그러나 여전히 그는 대답이 없다. 그의 배지느러미가 파르르 경련을 일으키고 있을 뿐이었다.

'아차!'

그 등굽은연어는 말을 하지 못하는 연어였던 것이다. 은빛연어는 동무의 뒤틀린 외모에 대해 자꾸 관심을 보이는 것은 동무를 욕되게 하는 일이라는 것을 뒤늦게 깨달았다.

은빛연어는 마음으로 말했다.

'미안해.'

등굽은연어가 마음으로 말했다.

'괜찮아.'

등굽은연어는 자기가 왜 그렇게 되었는지 모른다고 마음으로 말했다.

은빛연어가 마음으로 말했다.

'아마 인간의 마을에서 흘러나온다는 색깔도 냄새도 없는 물 때문일 거야.'

등굽은연어는 비틀비틀 헤엄을 치면서 괴로운 표정을 지었다.

갑자기 물살이 거칠어진다. 몸을 곧추 가누지 않으면 물살에 금세 떠밀려 내려갈 것 같다. 마치 바다에서 해일을 만났을 때와 흡사한 느낌이다. 다른 연어들도 몸의 중심을 잃지 않으려고 무던히 애를 쓰고 있는 게 보인다.

거기에다 연어떼를 삼킬 듯한 물소리가 물속을 흔들어대고 있었다. 물소리가 나는 쪽에서는 수많은 공기 방울들이 흩어졌다가 모이고, 모였다가는 다시 흩어지는 것이 보인다. 은빛연어는 지느러미를 접고 긴장을 늦추지 않고 있었다. 그때, 앞서 헤엄을 치던 누군가가 소리친다.

"폭포다!"

이 말을 들은 연어들이 일제히 그 자리에서 멈춘다.

은빛연어는 말로만 듣던 폭포가 어떻게 생겼는지 무척 궁금했다. 그는 궁금한 게 있으면 참지를 못한다.

그는 강물을 밀어젖히고 강물 밖으로 고개를 빼꼼히 내밀어 본다. 이럴 때 강은 언제나 가슴의 창문을 열고 그에게 세상을 보여주는 것이다.

강이 가슴을 열자, 은빛연어의 눈에는 거대한 물줄기가 하늘에서 쏟아져내리는 게 보인다. 그 물줄기는 기다렸다는 듯이 은빛연어의 눈앞에 찬란한 오색 무지개를 펼쳐 보인다. 무지개는 은빛연어가 이제까지 본 풍경 중에 가장 신비로운 것이다. 사나운 물소리와 수만 개의 물방울 때문에 은빛연어는 신비한 무지개를 오랫동안 볼 수 없었다. 욕심을 냈다가는 물줄기의 채찍에 휘감겨 강 아래쪽으로 내팽겨쳐지는 신세가 될지도 모른다.

은빛연어는 눈맑은연어에게 폭포를 보았다는 것을 말해주고 싶었다. 순식간이었지만, 그의 눈을 사로잡았던 무지개에 대해서도 설명을 해주고 싶었다. 은빛연어는 들떠 있었다.

"나 무지개를 보았어, 무지개를."

"응."

어찌된 일인지 눈맑은연어의 반응이 시원치 않다.

"너도 무지개를 보았니?"

"아니."

"보고 싶지 않니?"

"별로."

눈맑은연어는 무슨 생각을 하는지 초롱초롱한 눈망울을 굴린다.

"무지개란 금방 사라지는 거야."

"금방 사라지는 것은 아름답지 않다는 얘기니?"

"그럴지도 몰라."

눈맑은연어는 은빛연어를 바라본다. 은빛연어는 지금보다 좀더 나은 삶을 생각할 줄 아는 훌륭한 연어다. 또한 무엇보다 그녀가 사랑하는 연어다. 하지만 그는 이 세상이 얼마나 험난한 곳인지 아직 잘 모르고 있다. 그래서 알을 낳는 게 삶의 이유가 아니라고 스스럼없이 말하는 것이다.

"무지개를 잡아보고 싶은 게 희망이라고, 그게 삶의 이유라고 말하던 연어가 있었어. 자나깨나 무지개를 좇아다니는 게 그의 일이었지. 그는 자기 무리를 떠났어. 무지개를 잡으면 돌아오겠다는 약속을 남겨 두고 말이야."

"그래서 무지개를 잡았니?"

"그 연어는 비갠 하늘에서 생기는 무지개를 보았고, 고래가 물을 뿜을 때 생기는 무지개도 보았어. 그럴수록 무지개를 잡아야겠다는 욕망이 커졌지. 하지만 잡을 수가 없었어."

"왜?"

"잡을 만하면 곧 사라지고 마는 게 무지개거든. 무지개를 잡기는커녕 그 연어는 결국 어느 날, 죽어서 바다 위에 떠오르고 말았대. 허옇게 눈을 뜨고 배를 하늘로 향한 채로 말이야. 연어 무리를 떠난 지 이틀 후의 일이었어."

"쯧쯧."

"쇠창이란 게 있대. 인간들이 들고 있는 그 쇠창은 어느 순간 햇빛을 받으면 번쩍거리며 무지개를 만들어낸대. 그 연어도 쇠창에서 생긴 무지개를 본 거야. 그것은 하늘의 무지개나 고래의 무지개보다 훨씬 가까운 곳에 있었지. 그것을 잡아서 무리에게 어서 돌아가야겠다는 생각으로 무턱대고 달려들었다가 그만 쇠창에 찔리고 마는 신세가 되었다지 뭐야."

눈맑은연어의 눈에는 어느 틈에 눈물이 그렁거리고 있었다. 그 눈물은 은빛연어에게 무지개를 좇는 일이 얼마나 허망한 일인지를 간절하게 이야기하고 있었다.

"아름다운 것은 멀리 있지 않아. 아주 크기가 큰 것도 아니야. 그리고 그것은 금방 사라지지도 않지."

폭포에서 떨어지는 물소리가 더욱 크게 들린다. 폭포는 연어 무리의 순조로운 여행을 가로막는 장애물이 되어 있었고, 물소리는 연어 무리를 위협하는 소리였다. 은빛연어는 무지개를 보았다고 눈맑은연어에게 자랑했던 일이 조금씩 후회가 되기 시작한다. 그녀는 모든 면에서 확실히 자신보다 성숙된 생각을 가지고 있다. 금방 사라지지 않는 사랑을 위해서 좀더 그녀를 지켜봐야겠다고 은빛연어는 생각한다.

때마침 연어 무리의 전체 회의가 있다는 통보를 받았기 때문에 더이상 무지개에 대한 환상을 가지고 있을 틈도 없었다.

초록강에 들어온 이후 처음으로 연어 무리의 전체 회의가 열렸다. 턱큰연어가 무리의 앞쪽으로 나온다. 연어들의 시선이 일제히 턱큰연어를 향하고 있다. 그는 굳은 표정으로 말문을 연다.

"우리 눈앞의 폭포를 통과할 수 있는 방안들을 자유롭게 토론해주십시오."

턱큰연어답지 않게 어투가 정중하다. 그리고 그는 떨고 있는 것 같다. 아가미 옆에 붙은 가슴지느러미가 보일 듯 말 듯 흔들리고 있는 것이다. 턱큰연어도 폭포라는 장벽 앞에서는 어쩔 수 없이 약해지나 보다. 자신의 나약함을 숨기기 위해 턱큰연어는 그렇게 연어 무리의 위에 군림하려 했는지도 모른다. 어린 연어들이 떼를 쓰며 우는 것이 나약한 존재라는 것을 드러내는 증거이듯이.

연어들 중에 삐삐마른연어가 제일 먼저 발언권을 얻었다.

그는 먹는 일에만 정신을 쏟는 연어들과는 달리 늘 연구하는 데 시간을 보내느라 몸이 허약하다. 그는 연어들의 삶을 한 단계 향상시키는 일에 몰두하는 과학자인데, 정작 그 자신의 몸을 돌볼 틈이 없었던 것이다. 외모에 상관없이 삐삐마른연어는 자부심이 대단하다. 그는 매사에 치밀하다.

"우리를 가로막고 있는 폭포는 폭이 10미터, 높이는 3미터임을 확인했어."

"아!"

하는 탄성이 연어 무리들 속에서 새어나온다.

과학자 삐삐마른연어는 물소리가 나는 폭포 쪽을 눈짓으로 가리킨다.

"우리는 사 년 전 어리디어린 새끼연어 상태로 이 폭포를 뛰어내렸지. 그때 새끼연어의 숫자는 6,367,941마리였어. 그 중에 강에서 살아남은 1,512,832마리가 바다로 나갔으며, 올해에는 3,265마리가 열 개의 무리를 지어 초록강으로 돌아오게 돼. 우리는 그 중의 한 무리라는 사실을 잊어서는 안 돼."

삐삐마른연어는 뛰어난 기억력의 소유자이기도 하다. 그의 몸 어디엔가는 기억을 저장시켜 두는 큰 창고가 있는 모양이다. 그는 강 바닥을 한 바퀴 빙 둘러보더니,

"음, 우리가 이곳을 떠났을 때보다 폭포의 높이가 35센티미터나 높아졌군."

하고 중얼거린다.

"이제 폭포를 뛰어오르는 방법을 이야기해줘."

하고 연어들이 이구동성으로 말하는 통에 주변이 소란스러워진다.

"폭포 아래로 떨어지는 물의 속력보다 빠른 속력을 낼 수 있어야 해."

"그 방법을 우리는 알고 싶어."

"꼬리지느러미에 모든 에너지를 집중시켜야 돼."

과학자는 자신의 앙상한 꼬리지느러미를 흔들어 보인다.

"만약에 폭포가 시속 30킬로미터라면 적어도 우리는 시속 40킬로미터 이상의 속도를 내야 한다구."

"그럼 폭포의 속도가 얼마나 되니?"

"그건 지금 연구중이야."

"쳇, 아무런 도움도 안 되는군."

실망한 연어들이 저마다 입을 삐죽거린다.

"내 연구는 이론을 제시하는 게 목적이야. 나머지는 내가 알 바가 아니란다."

"너도 폭포를 뛰어올라야 하지 않니?"

"물론이지."

"너는 그 방법을 알고 있는 거지?"

"아직은 몰라. 나는 그걸 연구하기 위해 이제 가봐야겠어."

과학자는 회의장을 황급히 빠져나가 어두컴컴한 바위 밑으로 헤엄쳐 들어간다. 그의 뒷모습이 어느 때보다도 쓸쓸해 보인다.

두번째 발언권은 주둥이큰연어가 얻었다.

그는 누구보다도 말을 잘하는 웅변가다. 그의 말솜씨는 언제나 논리적이고, 발음 또한 정확해서 전혀 흠잡을 데가 없다.

그는 연어들의 앞쪽으로 나오며 말했다.

"연설할 장소가 너무 낮은걸."

그는 늘 청중들보다 높은 곳에서 말하는 데 익숙해져 있기 때문에 연단을 높여달라는 것이다. 웅변가의 말을 빨리 듣고 싶어 연어들은 제일 높은 바위쪽 자리를 그에게 내준다.

"책상도 하나 필요해."

"책상이 무슨 필요가 있어?"

"나는 감정이 극에 다다르면 꼬리지느러미로 책상을 한번 내리쳐야 하거든."

누군가 납작한 돌멩이 하나를 웅변가의 앞에 날라다 준다. 모두들 그의 말에 귀를 기울이는 모습이다. 그는 말을 할 때에만 언제나 성실하고 열정적이다.

"만장하신 신사, 숙녀 여러분!"

그의 목소리는 폭포에서 떨어지는 물소리보다 우렁차다.

"우리는 지금 폭포라는 엄청난 시련 앞에 서 있습니다. 자연이 우리에게 내린 이 시련을 헤쳐갈 수 있느냐, 없느냐에 따라 우리의 삶의 성패가 결정될 것입니다."

웅변가의 연설이 시작되자 연어들이 하나둘 고개를 숙이기 시작한다.

"여러분, 우리는 힘을 합쳐……"

고개를 숙인 연어들이 벌써 꾸벅꾸벅 졸기 시작한다.

웅변가는 이에 아랑곳하지 않고 목소리를 높인다.

"여러분, 우리는 모든 슬기를 하나로 모아…… 여러분, 우리는 단결, 또 단결하여 하나가 되어……"

시간이 얼마나 지났을까.

은빛연어가 가까스로 졸음에서 깨어나 보니, 웅변가의 온몸이 빨갛게 달아오른 것이 보인다. 그는 연설 원고의 마지막 부분을 힘주어 읽기 위해 호흡을 고르고 있는 것이다.

"……이 연사, 뜨거운 가슴으로 목놓아 외칩니다, 여러분!"

"와아!"

그가 연설을 마치자, 졸고 있던 연어들이 약속한 것처럼 환호성을 내지른다. 들어보나마나한 연설을 끝낸 데 대한 보답이다. 웅변가는 정중하게 인사를 하고 뒤로 물러난다. 그는 하고 싶었던 말을 흡족하게 다한 것이다. 듣고 있는 연어들에겐 전혀 흡족한 것이 아니었지만.

"나는 저렇게 박수를 받으면 부끄러워서 숨을 곳을 찾을 거야."
하고 은빛연어가 말하자,

"중요한 것은 목소리를 낮춰야 한다는 것을 저 웅변가는 모르고 있어."
하면서 눈맑은연어도 고개를 갸우뚱거린다.

세번째 발언권을 얻은 것은 지느러미긴연어였다.

그는 연어들의 교육을 맡고 있는 교사다. 연어들은 그를 선생님, 이라고 부른다. 바다에서 강으로 이동을 하기까지 지느러미긴연어는 참으로 많은 것을 연어들에게 가르쳐주었다. 그는 모르는 게 없다. 그의 수업은 대체로 이런 식이다.

"우리의 위대한 지도자의 성함은?"

"턱 자, 큰 자, 연 자, 어 자요."

"지구상에 연어의 주요 분포지는?"

"북태평양과 북대서양 연안이요."

"연어와 같은 모천 회귀성 어류를 하나만 예로 든다면?"

"은어요."

"연어가 만물의 영장인 까닭은?"

"생각하는 존재니까요."

그는 연어뿐만 아니라 인간에 대해서도 많은 지식을 갖추어야
한다고 한다. 인간은 연어의 가장 큰 적이므로 그들을 알아야 이길
수 있다는 것을 누누이 강조하곤 한다.

"인간의 종류를 크게 네 갈래로 나눈다면?"

"황인종, 백인종, 흑인종, 홍인종이요."

"인간이 최초로 달에 착륙한 해는?"

"1969년이요."

"인간들이 세계 3대 미항이라고 일컫는 곳은?"

"호주의 시드니, 이탈리아의 나폴리, 브라질의 리우데자네이
루."

그의 수업은 끝도 없다. 지느러미긴연어는 이런 수많은 지식을
가지고 있다. 그래서 그를 존경하고 따르는 연어들이 많았으며, 누
구나 그에게는 꼬박꼬박 높임말을 쓴다. 연어들은 폭포라는 장벽
을 통과할 수 있는 지혜를 그가 가르쳐주리라 믿고 있다.

"어차피 삶이란, 시험의 연속입니다. 우리의 미래를 보장받는
길은 그 시험을 슬기롭게 통과하는 길밖에 없는 것입니다. 폭포는
자연이 우리에게 내린 시험일 뿐입니다. 옛말에, 하면 된다, 라는

말이 있습니다. 한 번에 안 되면 두 번에, 두 번에 안 되면 세 번, 네 번이라도 우리는 도전하는 연어가 되어야 하겠습니다."

"선생님, 도전해야 한다는 건 누구나 다 압니다. 그 방법을 우리는 듣고 싶은 거예요."

선생님의 말 사이에 끼여든 것은 은빛연어였다. 그의 당돌한 행동에 선생님은 잠시 흠칫, 하더니 계속 말을 잇는다.

"나약하고 게으른 연어는 낙오자가 됩니다. 모든 것이 자신에게 달려 있습니다. 여러분, 저기 저 등굽은연어를 좀 보십시오. 저 등굽은연어는 자신을 지키지 못했습니다."

"선생님!"

불현듯 은빛연어가 소리친다. 그러나 연어들이 웅성거리는 소리 때문에 선생님은 듣지 못한 모양이다.

"여러분은 등굽은연어처럼 되지 않으려거든 노력해야 합니다."

"선생님, 어떻게 그런 말을……"

은빛연어는 이미 새파랗게 질려 있었다.

"등굽은연어가 병을 앓고 있는 것은 자신의 노력이 부족하기 때문이 아니에요. 등굽은연어는 인간이 흘려보낸 물 때문에 저렇게 된 것입니다. 등이 굽었기 때문에 그는 지금 무척 고통스러워하고 있어요. 헤엄치고 싶은데 헤엄치지 못하는 고통보다 더 아픈 게 있어요. 그 아픔을 한 번이라도 생각해보셨나요? 남을 도와주고 싶어도 도와주지 못하는 아픔 말이에요. 그게 등굽은연어의 아픔이라구요."

선생님도 이에 지지 않는다.

"등굽은연어를 욕되게 하자는 뜻이 아니었어요. 단지 교훈으로 삼자는 겁니다."

은빛연어는 지느러미긴연어의 말을 더이상 들을 수가 없었다. 그의 말은 구차한 변명이라는 생각이 들었기 때문이다.

'선생님은 교훈을 받아들이는 일만이 삶의 전부라고 생각하는 것 같다. 그는 단풍잎들이 강을 수놓고 있는 것을 보면서도 교훈을 생각할지 모른다. 그가 만약에 이름 없는 꽃을 하나 발견했다면 그는 아마 식물도감부터 뒤적일 것이다. 그 꽃이 몸에 해로운지 이로운지를 먼저 알려고 할 테니까. 그는 별을 바라보면서도 거기서 교훈 될 만한 일을 찾을지 모른다. 꽃은 꽃대로 아름답고 별은 별대로 아름답다는 것을 그는 모르는 것이다. 등굽은연어는 비틀어진 등으로 어떻게든 헤엄을 치려고 한다. 그 고통이 왜 아름다운 것인지, 그 상처가 왜 아름다운 것인지 선생님은 모른다. 선생님은 선생님이니까.'

네번째로 쪽집게연어가 앞으로 나선다.

그는 연어들의 이름을 짓기도 하고 연어들에게 닥칠 앞날의 운명을 알아맞히는 운명철학자다. 턱큰연어가 연어 무리의 지도자가 될 것이라고 예언한 이후부터 그는 단번에 유명해졌다. 어려운 일이 닥칠 때마다 턱큰연어가 그를 찾아가 도움을 얻었다는 소문이 한때 자자하게 퍼지기도 했다.

그는 다른 연어들의 이름은 도맡아 지었으나, 정작 자신의 이름만은 짓지 못했다. 이걸 안쓰럽게 여긴 연어들이 그에게 쪽집게연어라는 이름을 붙인 것이다.

그는 연어들의 눈을 하나하나 들여다보며 앞으로 나온다. 그의 얼굴은 언제 보아도 근심이 없다.

"하늘의 노여움이 우리에게 고통의 물줄기를 보내신 거야!"

그는 언제나 하늘하고 이야기를 할 수 있는 능력이 자신한테 있다고 말해왔다. 대부분 연어들은 그 말을 믿으려 하지 않았지만,

"어차피 좋은 게 좋은 거야. 손해 볼 것 없는데 믿어 보지 뭐."

라고 말하는 연어도 적지 않았다.

턱큰연어도 그 중 하나다. 턱큰연어는 운명철학자의 말을 자세히 들으려고 꿈쩍하지 않고 그를 바라보고 있다.

"우리는 틀림없이 이 폭포를 뛰어넘을 수 있어. 다만 시간이 좀 필요할 뿐이야."

이 말을 들은 연어들의 표정이 비 그친 뒤의 햇살처럼 밝아진다. 누군가 운명철학자에게 묻는다.

"얼마나 기다리면 되지?"

"그건 나도 몰라."

"너는 앞날을 예언할 수 있잖아."

"물론 나는 우리들의 운명을 알고 있어. 하지만 앞날의 운명을 결정하는 것은 하늘밖에 없어. 폭포를 뛰어넘을 때까지 필요한 시간도 하늘만이 알고 있을 뿐이야. 그 이전에는 아무리 기를 써도 폭포를 뛰어오를 수가 없어."

잔뜩 기대에 부풀어 있던 턱큰연어의 표정이 일그러진다.

"연어들이 알을 낳을 시간이 가까워오고 있어. 나는 그 장소까지 무리를 이끌고 가야 하는 책임이 있다구. 그런데도 무작정 기다리기만 하란 말이야?"

턱큰연어는 회의를 시작할 때의 정중한 말투를 내던지고 이제 반말을 쓰고 있었다. 그는 화가 난 얼굴이다. 하지만 운명철학자는 오히려 태연하다.

"하늘의 뜻일 뿐이야."

이 말을 끝으로 운명철학자는 지그시 눈을 감는다.

사회를 보는 턱큰연어의 입에서 굵은 공기 방울들이 불규칙적으로 뿜어져나온다. 그의 호흡이 거칠어졌다는 뜻이다.

이렇게 회의가 뚜렷한 결론을 내지 못하고 있을 때, 누군가 회의장 안으로 소리를 치며 들어온다.

"길을 찾았어! 내가 연구 끝에 길을 찾아내고야 말았다구!"

그것은 삐삐마른연어였다. 연어들의 시선이 한꺼번에 그 과학자에게 집중되었다. 그는 자랑스럽게 말했다.

"나는 폭포 밑을 샅샅이 측량했어. 그러다가 폭포의 오른쪽 가장자리에 새로운 길이 하나 놓여 있는 것을 발견했다구. 그것은 컴컴한 터널처럼 생겼는데, 그곳을 흐르는 물의 속도가 시속 10킬로미터도 채 안 된다는 것을 확인했어. 인간들이 우리를 위해 만들어놓은 길이 아닌가 싶어."

"인간들이?"

"컴컴한 터널 속에 규칙적인 계단이 죽 이어져 있어. 계단 하나의 높이가 30센티미터쯤 되는데, 그건 인간들의 솜씨를 말하는 거라구."

인간은 연어 무리의 가장 큰 적이다. 그 인간이 길을 만들어놓았다니! 연어들은 빼빼마른연어의 말이 믿어지지가 않았다. 제일먼저 지느러미긴연어가 의심스러운 눈으로 말했다.

"자신의 능력을 뽐내려고 인간들은 잔인한 짓을 수없이 많이 하지. 인간이 사는 지상에 도둑이 들끓는 이유가 뭘까? 매일 살인 사건이 일어나는 이유가 뭘까? 인간은 연어들이 상상할 수 없을 정도로 잔인해. 심지어 전쟁까지 일으키는 그들을 우리는 믿어서는안 돼."

다른 연어들도 저마다 한 마디씩 거든다.

"그 터널은 인간들이 우리를 유인하기 위해 만들어놓은 덫인지도 몰라."

"죽음으로 가는 길일 거야."

"인간한테 죽음을 당하는 것보다는 여기서 그냥 죽는 편이 나을지도 몰라."

연어들이 자기의 말을 믿지 않자, 빼빼마른연어가 말했다.

"그 터널은 덫이 아니라 길이 틀림없어. 내가 그 길의 끝까지 갔다가 왔단 말이야. 그게 덫이라면 나는 이 자리에 돌아오지 못했을 거야. 나는 지금 멀쩡해. 내 몸이 그 증거라구."

빼빼마른연어는 답답하다는 듯이 몸을 마구 흔든다. 그의 마른
몸은 곧 부서질 것처럼 보인다.

빼빼마른연어의 말을 가만히 듣고 있던 은빛연어가 눈맑은연어
에게 말했다.

"저 과학자의 말이 사실인지도 몰라."

"나도 그렇게 생각해."

"저 과학자의 약점은 이제까지 연구의 결과를 숫자로만 제시
한 점이었어. 숫자에 관심이 없는 연어들에게 그의 연구는 무용지
물이었지. 그런데 그가 변했어. 그는 연구의 결과를 검증하기 위
해 자기 몸을 아끼지 않고 컴컴한 터널 속으로 들어갔다가 나온 거
야. 그는 온몸으로 지금 말하고 있는 거야."

은빛연어와 눈맑은연어는 서로 가슴지느러미를 흔든다. 생각이
같다는 표시다.

과학자 빼빼마른연어는 기력이 다해가는지 눈동자가 이미 풀려
있다. 연어들이 그의 주위를 빙 둘러싼다. 한 생명의 불꽃이 사위
어가는 것을 그들은 아무 말도 못하고 지켜보고 있다. 빼빼마른연
어는 혼자 중얼거리듯이 겨우 말했다.

"내가…… 발견한 길은…… 틀림없이…… 쉬운 길이야……"

이 말을 끝으로 그는 더이상 말이 없다.

연어 무리에게 쉬운 길을 가르쳐주고 그는 막 숨을 거두고 있었다.

그의 영혼은 몸을 떠났지만, 그의 몸뚱어리는 이제 새로운 길을 찾아갈 것이다. 그의 죽은 몸은 물속의 온갖 미생물의 먹이가 될 것이고, 그 미생물은 언젠가 새끼연어들의 몸을 통통하게 만드는 먹이가 될 것이다. 물살에 떠밀려 내려가는 빼빼마른연어의 몸을 연어들은 묵묵히 바라보았다.

인간들은 사람이 죽으면 무덤 앞에 비를 세우기를 좋아한다. 인간들이 살아 있을 때 품은 헛된 욕망의 크기와 비석의 크기가 비례한다는 것을 연어들은 알고 있다. 심지어 인간들은 살아 있는 자의 비석까지 세우는 어리석음을 범하기도 한다. 하지만 연어들은 죽은 연어를 위해서 절대로 비석 따위를 세우지 않는다. 연어들은 죽음을 묵묵히 바라봄으로써 슬픔을 삭이는 것이다.

"자, 꾸물대지 말고 어서 가자."

연어 무리의 회의가 채 마무리되기도 전에 이미 몇몇 연어들이 자리를 뜬다. 턱큰연어도 어쩔 줄을 모르고 허둥대는 표정이 역력하다. 과학자 빼빼마른연어가 찾아놓은 길로 향하는 게 원래 의심 많은 그도 선뜻 내키지 않는 모양이다.

그때 은빛연어가 연어들의 앞으로 나오면서 말했다.

"우리 조금만 더 생각해보면 안 될까?"

자리를 뜨려던 연어들이 냅다 소리를 지른다.

"생각은 무슨 생각. 어서 가기나 하자구!"

"나는 쉬운 길로 가서는 안 된다고 생각해."

은빛연어는 또렷또렷하게 말했다. 그의 말이 던지는 느낌이 뜻밖에 강해서 연어들의 시선이 하나둘 그를 주시하기 시작한다.

"연어들에게는 연어들의 길이 있다고 생각해."

"그게 무슨 뜻이지?"

은빛연어의 머릿속은 어느새 그의 아버지에 대한 생각으로 가득 들어차 있다. 500여 마리의 연어떼를 이끌고 폭포를 통과하기 직전의 아버지. 그 아버지는 쉬운 길을 가지 않는 위대한 연어였다.

"인간들이 만들어놓은 쉬운 길은 연어들을 위한 길이 아니야."

"혼자서 잘난 체하지 마!"

성미가 급한 연어들은 드러내놓고 은빛연어에게 대들기 시작한다.

"도대체 쉬운 길로 가는 걸 반대하는 이유가 뭐냐?"

"쉬운 길을 찾아놓고 떠난 과학자를 나는 존경하고 있어. 그가 온몸을 바쳐 그 길을 찾아낸 것을 나도 인정을 해. 하지만 우리 연어들에게는 폭포를 뛰어넘을 수 있는 끝없는 능력이 있다구. 해보지도 않고 포기하지 말자는 거야."

"그건 고통스러운 일이라는 걸 너도 알잖니?"

"물론이지."

"굳이 그 고통을 사서 할 필요가 있는 걸까? 우리는 어서 상류로 가서 알을 낳아야 해. 한시가 급하다구."

눈맑은연어는 아까부터 은빛연어의 표정을 살피고 있다. 은빛연어가 어떤 대답을 할지 그녀도 매우 궁금한 것이다.

은빛연어가 무겁게 입을 뗀다.

"알을 낳는 일은 매우 중요해."

은빛연어의 입에서 나온 말을 듣고 눈맑은연어는 깜짝 놀란다. 이건 은빛연어에게서 처음 듣는 말이다. 알을 낳는 일보다 중요한 삶의 의미가 있다고, 자신은 그걸 찾는 게 무엇보다 중요하다고 말하던 그가 아닌가. 눈맑은연어는 젖은 눈으로 은빛연어를 계속 바라본다. 분홍으로 물든 은빛연어의 비늘이 그 어느 때보다도 눈부시게 여겨지는 순간이다.

은빛연어가 계속 말했다.

"쉬운 길을 앞에 두고 어려운 폭포를 뛰어오르고 싶은 연어는 하나도 없을지 몰라."

"이제야 정신을 차리는군."

돌아서려던 연어들의 비아냥거리는 소리가 들린다.

"그렇지만……"

은빛연어가 말을 잠시 멈춘다. 지금 그의 머릿속에는 아버지 연어와 자신의 모습이 겹쳐지고 있다. 그래서 그는 그 알 수 없는 감격 때문에 마음을 가누기가 힘든 것이다. 은빛연어의 눈은 아버지와 자기 자신 사이에 연결된 보이지 않는 한 가닥의 끈을 보고 있었다. 그 끈은 살아 퍼덕이는 강물 같기도 했고, 강물이 내쉬는 푸른 숨소리 같기도 했다. 한번도 얼굴을 보지 못했지만, 은빛연어는 어느새 옛날의 그 늠름한 은빛 아버지의 모습을 닮아가고 있는 것이다.

"우리 연어들이 알을 낳는 게 중요하다는 것은 나도 알아. 하지만 알을 낳고 못 낳고가 아니라, 얼마나 건강하고 좋은 알을 낳는가 하는 것도 중요하다고 생각해. 우리가 쉬운 길을 택하기 시작하면 우리의 새끼들도 쉬운 길로만 가려고 할 것이고, 곧 거기에 익숙해지고 말 거야. 그러나 우리가 폭포를 뛰어넘는다면, 그 뛰어넘는 순간의 고통과 환희를 훗날 알을 깨고 나올 우리 새끼들에게 고스란히 넘겨주게 되지 않을까? 우리들이 지금, 여기서 보내고 있는 한순간, 한순간이 먼 훗날 우리 새끼들의 뼈와 살이 되고 옹골진 삶이 되는 건 아닐까? 우리가 쉬운 길 대신에 폭포라는 어려운 길을 선택해야 하는 이유는 그것뿐이야."

은빛연어는 이미 예전의 나약하고 부끄럼 많던 연어가 아니었다. 그의 목소리는 낮았지만, 그의 마음은 귀를 기울이고 있는 연어들의 마음속으로 잔잔히 전해지고 있었다.

연어들이 웅성거리기 시작한다.

"맞아. 쉬운 길은 길이 아니야."

"쉬운 길을 가지 않는 연어가 아름다운 연어라고 생각해."

"은빛연어의 말을 따르겠어."

"나도 폭포를 뛰어오를 거야."

그의 말을 다 듣고 난 연어들이 폭포 밑으로 모여든다. 처음에 쉬운 길로 가자고 말하던 연어들도 쭈빗거리며 은빛연어 쪽으로 헤엄쳐온다.

토론을 더이상 계속할 필요는 없었다. 회의를 끝내면서 턱큰연어가 말했다.

"은빛연어의 말이 옳아. 몸이 허약한 연어들을 제외하고는 모두 폭포를 뛰어오르면 좋겠어. 등굽은연어와 알을 많이 품어 몸이 무거운 연어 몇 마리만 쉬운 터널 길로 올라가도록."

은빛연어는 눈맑은연어가 염려스럽다. 그녀도 알을 많이 품은 연어 중의 하나다. 눈맑은연어는 기어이 폭포를 뛰어오르겠다고 버틴다.

"너는 알을 낳아야 하잖아?"

"나는 네가 한 말을 잊을 수가 없어. 쉬운 길은 길이 아니라고, 너는 말했지. 거슬러오르는 기쁨을 알려면 주둥이가 찢어지는 상처를 입어봐야 한다고 생각해. 나는 그것을 뱃속에 있는 알들에게 가르치고 싶어."

그녀의 고집은 꺾을 수가 없었다.

드디어 폭포를 뛰어오르는 순서가 정해지고, 순서를 기다리는 동안 은빛연어가 눈맑은연어에게 물었다.

　"왜 이렇게 가슴이 아프지?"

　눈맑은연어가 말했다.

　"나도 그래. 뭔가 가슴에 자꾸 사무치는 것 같아."

　은빛연어는 목이 메인다. 이제 폭포를 뛰어오르기만 하면 고향이 바로 눈앞인데도 그는 즐겁지가 않다. 뛰어오르는 일이 두려워서도 아니다.

　"사무친다는 게 뭐지?"

　"아마 내가 너의 가슴속에 맺히고 싶다는 뜻일 거야."

　"무엇으로 맺힌다는 거지?"

"흔적…… 지워지지 않는 흔적."

은빛연어와 눈맑은연어의 차례가 가까워오고 있었다.

그때 어디선가 첨벙, 하는 소리가 들린다. 그것은 폭포를 뛰어오르는 데 실패한 연어가 내는 소리였다. 실패한 연어는 맨 뒤로 가서 다시 뛰어오를 차례를 기다려야 한다. 세 번, 네 번이라도 성공할 때까지.

"은빛연어야."

눈맑은연어가 은빛연어를 부른다.

"너는 삶의 이유를 찾아냈니?"

"응, 조금. 삶이란 건……"

은빛연어가 대답을 하려고 하는 순간, 드디어 은빛연어와 눈맑은연어가 뛰어오를 차례가 된다.

"힘 내!"

하고 눈맑은연어가 짧게 말했다.

폭포에서 떨어지는 물줄기 때문에 은빛연어는 눈을 제대로 뜰 수가 없다. 초록강을 타고 올라오는 동안 아무것도 먹지 않았지만 아직도 몸속에는 에너지가 남아 있었다. 그 에너지 중의 절반쯤을 이제 써야 한다. 그리고 그 어느 때보다도 꼬리지느러미를 빠르게 좌우로 움직여야 한다.

온몸으로 뛰어올라야 한다, 온몸으로.

은빛연어와 눈맑은연어는 그야말로 혼신의 힘을 다해 물을 차고 오른다. 아무 소리도 들리지 않고, 아무것도 생각나지 않았다. 폭포를 뛰어오르는 그들의 존재만이 거친 물살 속을 헤쳐 번쩍거리며 공중으로 솟아오를 따름이었다.

그때 기적 같은 일이 벌어졌다.

폭포의 사나운 물줄기 대신에 어느 틈에 고요한 물살이 그들의 몸을 아늑하게 감싸고 있는 것이다. 그것은 기적이 아니라 현실이었다. 그들은 마침내 폭포를 뛰어오른 것이다. 물속의 자갈들이 햇빛을 받아서 반짝반짝 빛나는 게 보인다. 그 자갈들은 서로 맞부딪치면서 차랑차랑 소리를 내고 있다. 미리 폭포를 오른 연어들이 저만치 앞서 헤엄을 치고 있고, 뒤에도 연어들이 줄지어 따라오고 있다. 어렵고 중요한 것은 이렇듯 단순한 것인가, 하는 생각이 들었다.

은빛연어는 바깥 세상이 보고 싶었다. 그러자면 강물이 가슴의 창문을 열어주기를 기다려야 한다. 은빛연어는 강물의 도움을 받지 않고 스스로 강물을 한번 열어보고 싶었다.

"이제 강물이 열어주는 창문은 싫어. 내 스스로 강물을 열어 젖혀보고 싶어. 그건 나 자신을 여는 일이 될지도 몰라. 나는 그동안 닫혀 있었다는 생각이 들어. 나 혼자밖에 모르고 살아왔던 거야."

눈맑은연어와 함께 물 밖으로 고개를 내밀려고 하자, 잔잔해진 강물이 얼른 가슴의 창문을 열어준다.

그때 그들은 물가에 몰려 있는 한 떼의 인간들을 보았다. 은빛연어는 이상한 생각이 들어 눈맑은연어에게 물었다.

"인간들의 손에 왜 그물이나 낚싯대가 없는 거지?"

"저 인간들이 카메라를 든 인간인가 봐. 언젠가 강이 말해주었어. 인간은 낚싯대를 든 인간과 카메라를 든 인간이 있다고 말이야."

"카메라가 뭐지?"

"시간을 찍는 기계라고 했어."

강가의 인간들은 카메라를 눈에 갖다 대고 폭포를 뛰어오르는 연어들을 찍는 일에 열중해 있었다.

"와, 저기 좀 보라구!"

"정말 장관이야."

"저놈은 비늘이 온통 은빛인걸."

그들의 들뜬 목소리가 은빛연어가 있는 곳까지 들린다. 은빛연어는 그 인간들 가까이로 헤엄쳐 가서 은빛 몸뚱어리를 실컷 보여주고 싶었다. 카메라가 시간을 찍는 기계라면, 자기 자신이 카메라 속으로 들어가서 정지된 시간이 되고 싶었다. 이 세상에 믿을 만한 인간이 있다는 사실이 그를 몹시 흥분시키는 것이다.

은빛연어는,

"세상은 정말 살 만한 곳인가보다."

라고 눈맑은연어에게 말했다. 그녀도 가볍게 몸을 흔든다.

은빛연어는 착한 인간들을 자세히 보려고 물가로 헤엄쳐 가본다. 인간들이 일제히 은빛연어 쪽으로 카메라를 갖다 댄다. 카메라의 위에서 가끔 번쩍거리는 빛이 터지는 것이 보인다. 은빛연어는 그때마다 깜짝깜짝 놀랐지만, 그들이 자신을 해치지 않는다는 것을 알고 있다. 카메라를 든 인간은 틀림없이 연어를 옆에서 볼 줄 아는 인간들일 것이다.

그런데 카메라를 들지 않은 한 인간이 그의 눈에 들어온다. 카메라를 든 인간보다 훨씬 작은 그 인간은 물가에서 턱을 괴고 앉아 있다. 눈동자가 머루 알처럼 까만 그 작은 인간은 신기한 눈으로 은빛연어를 바라보고 있다. 그는 아주 작고 예쁜 입술을 오물거리며 은빛연어에게 무슨 말을 하려는 것 같다.

"너는 얼굴이 참 깨끗하구나."

하고 은빛연어가 먼저 말했다.

"나는 어른이 아니거든."

하고 어린 인간이 말했다.

그 어린 인간은 마음으로 말을 하고 있었다.

'인간은 어른이 되면 얼굴에도 털이 나는 모양이구나.'

라고 은빛연어는 생각한다.

"너는 어떻게 여길 왔지?"

"아빠를 따라 나왔어. 저기 빨간 옷을 입고 있는 분이 우리 아빠야. 엄마랑 누나도 같이 왔어."

아, 그 어린 인간은 아버지가 있었던 것이다. 은빛연어는 문득 가슴이 쓰려오는 것 같다. 그는 부러운 눈으로 어린 인간을 바라본다.

"아버지는 뭘 하시는 분이니?"

"사진 작가야."

"너는 참 좋겠구나."

"왜?"

"아버지의 얼굴을 알고 있으니까."

"넌 아버지가 없니?"

"아버지는 있었지만 얼굴을 몰라. 연어는 알을 낳은 뒤에 모두 죽어버리거든. 우리를 키우는 것은 강이거든."

"그럼…… 강을 아버지라고 부르면 되겠네, 뭐."

"네 말대로 정말 그렇게 불러볼까?"

"그래, 그래."

어린 인간은 은빛연어를 위로해주고 싶은 모양이다.

"이제 가봐야겠어."

"조금 더 이야기를 하고 싶은데."

예쁜 꼬마는 못내 아쉬워하는 눈치다.

"꼬마야, 부탁이 하나 있어."

"뭔데?"

"너도 크면 꼭 카메라를 들고 살았으면 좋겠어. 낚싯대 대신에 말이야."

"그래, 잊지 않을게. 안녕."

하고 어린 인간이 손을 흔든다.

"고마워. 안녕."

하고 은빛연어는 상류를 향해 지느러미를 흔든다.

물길이 점점 좁아지고 있다. 눈앞에 큼직한 바윗돌 몇 개가 그들을 가로막는다.

"너는 누구니?"

"나는 징검다리야."

하고 징검다리가 대답한다.

"거기서 뭘 하고 있는 거지?"

은빛연어가 물었다.

"사람들을 건네주는 일을 한단다."

가만히 보니 징검다리에는 인간들의 발자국이 여럿 찍혀 있다. 아까 만났던 어린 인간의 발자국도 예쁜 무늬처럼 찍혀 있는 게 보인다. 징검다리는 물속에 서서 인간들을 이쪽저쪽으로 실어 나르

느라 몸이 반질반질하게 닳아 있다. 은빛연어는 좀 측은한 생각이 들었다.

"아프지 않니?"

"괜찮아."

"인간들이 너를 마구 짓밟는데도?"

"짓밟히지 않으면 내가 살아갈 이유가 없어. 나는 짓밟히면서 발걸음을 옮겨주는 일을 하거든."

"아, 그렇구나."

은빛연어는 이렇게 생각했다.

'무뚝뚝해 보이는 징검다리도 좋은 일을 하고 있구나. 그가 짓밟히면서도 즐거워하는 것은 살아가는 이유가 분명하기 때문이야. 징검다리는 물의 흐름을 막지도 않으면서 의연하게 제 할 일을 다하고 있구나. 나는 저 징검다리에 비하면 얼마나 가벼운 존재인지······'

은빛연어는 눈맑은연어와 나란히 징검다리 사이로 난 물길을 헤친다. 위로 올라갈수록 물이 얕아서 등지느러미가 물 밖에 드러난다. 이제 초록강은 강이라고 부를 수 없을 정도다. 그런데 은빛연어는 깊은 물속에서는 느끼지 못했던 어떤 충만감이 그의 몸을 감싸는 것을 느낀다.

　'나는 여태 강물과 땅을 두 개로 나누어 생각했다. 강물 속에 연어가 살고 땅 위에는 연어의 적인 인간이 산다고 생각했다. 자연과 인간, 그리고 인간과 연어를 구분지어 생각했다. 그건 너무 경솔한 생각이었다. 나를 감고 흐르는 이 시냇물은 높은 산 위에서부터 수천, 수억 개의 물방울이 모여 이루어진 것이다! 이 시냇물이 더 큰 강이 되고 나아가 바다가 되는 것을 나는 왜 모르고 있었던가!'

은빛연어는 그의 눈앞에서 시냇물의 밑바닥이 서로 손을 맞잡고 있는 것을 본다. 땅과 땅이 손을 맞잡고 물 밑에서 하나가 되어 있다.

그는 또 끊임없이 출렁이는 시퍼런 바다를 생각해본다. 바다는 지구 위의 모든 대륙과 손을 맞잡고 완전한 하나가 되어 있다. 땅은 물을 떠받쳐주고, 물은 땅을 적셔주면서 이 세상을 이루고 있는 것이다.

상류의 여울에서는 연어들이 알을 낳을 준비를 하느라 모처럼 활기를 띠고 있다. 알을 낳을 자리를 잡느라 이쪽저쪽으로 분주하게 오가는 연어들, 자갈이 깔린 강바닥을 파는 연어들, 그 둘레를 빙빙 돌며 지키고 서 있는 연어들…… 물속은 마치 공사장 같다. 알을 낳는다는 것은 사실 일생에 단 한 번뿐인 중요한 공사다.

눈맑은연어도 알을 낳을 준비를 하고 있다. 그녀는 여울 바닥을 꼬리지느러미로 파들어가기 시작한다. 날카로운 돌멩이의 모서리에 지느러미가 찢어지는 줄도 모르고 그녀는 산란터 만들기에 열중하고 있다. 지느러미에 힘이 다하면 배지느러미로, 배지느러미에 힘이 빠지면 주둥이로 땅바닥을 파들어가고 있는 것이다.

"내가 좀 도와줄까?"

"아니야. 너는 가까이 오지 않아도 돼."

"좀 도와주고 싶어."

이렇게 말은 했지만, 은빛연어도 온몸이 노곤해지는 건 마찬가지다. 그들은 너무 오랜 시간에 걸쳐 이곳까지 왔던 것이다.

"이제 조금만 파면 돼."

눈맑은연어의 주둥이가 해진 헝겊처럼 닳아가고 있다. 그녀는 피곤한지 한숨을 길게 내쉰다. 그녀는 하던 일을 잠시 멈추고 은빛연어를 바라본다.

"은빛연어야."

그녀의 그 맑던 눈에도 지나간 시간의 흔적이 역력하다. 그것은 세월이라는 긴 터널을 통과한 연어의 초상이었다.

"너는 삶의 이유를 찾아냈니?"

은빛연어는 갑자기 부끄러워진다. 그는 알을 낳는 일보다 더 소중한 삶의 이유가 있을 것이라고 여겨왔다. 그런데 그가 찾으려고 헤맸던 삶의 의미는 어디에도 없었다. 그는 다른 연어들처럼 강을 거슬러오르면서 강하고 이야기를 나누었고, 폭포를 뛰어넘었고, 이제 상류의 끝에 다다랐을 뿐이다.

"삶의 특별한 의미는 결코 멀리 있지 않다는 것을 알았을 뿐이야."

"너는 어디엔가 희망이 있을 거라고 했잖아?"

"희망이란 것도 멀리 있지 않다는 것을 깨달았어."

"그럼, 결국 희망을 찾지 못했다는 말이니?"

은빛연어는 이제껏 볼 수 없었던 아주 편안한 표정으로 말했다.

"그래, 나는 희망을 찾지 못했어. 하지만 후회하지는 않을 거야. 한 오라기의 희망도 마음속에 품지 않고 사는 연어들에 비하면 나는 행복한 연어였다는 생각이 들어. 나는 지금도 이 세상 어딘가에 희망이 있을 거라고 믿어. 우리가 그것을 포기하지 않는다면 말이야. 나와 같은 생각을 가진 연어들이 많았으면 좋겠어."

눈맑은연어는 은빛연어가 그동안 어느 먼 곳을 여행하다가 이제 막 고향으로 돌아온 연어라는 생각이 들었다. 그는 구름과 무지개를 잡으러 떠났다가 이제 한 마리 연어가 되어 돌아온 것이다.

하지만 눈맑은연어는 그의 마음의 방황을 탓하고 싶지는 않았다. 눈곱만한 희망도 호기심도 없이 살아가는 연어들에 비하면, 은빛연어는 훨씬 아름다운 연어다. 은빛연어가 왜 강물 밖을 자꾸 보고 싶어했는지, 왜 마음의 눈으로 이 세상을 보고자 했는지, 그녀는 알고 있는 것이다.

눈맑은연어는 산란터를 다 만들고 나서,

"은빛연어야, 이제 알을 낳을 때가 되었어."

하고 말했다.

그녀는 지쳐 보였지만, 얼굴에 생기를 잃지 않으려고 애를 쓰고 있는 것 같다.

"은빛연어야, 이리 가까이 와."

그녀는 말의 첫머리마다 은빛연어의 이름을 붙이면서 말했다. 그 이름을 부를 시간이 이제 얼마 남지 않았다는 것을 그녀는 알고 있는 것일까? 은빛연어는 눈맑은연어와 나란히 산란터 위에 몸을 멈춘다. 지느러미를 하나도 움직이지 않고 그대로 멈춰 서 있기란 쉬운 일이 아니다. 모든 시간이 정지된 듯 주변이 고요하다.

"은빛연어야."

은빛연어는 아무 말도 할 수가 없다. 연어가 알을 낳는다는 것은 기나긴 생을 마감한다는 뜻이다. 은빛연어는 밀려오는 두려운 생각 때문에 몸이 바들바들 떨리는 것을 느낀다. 그는 죽음이 두려운 게 아니다. 죽음보다 더 두려운 것은 눈맑은연어와의 사랑이 끝난다는 것이다. 그것은 또한 초록강과의 완전한 이별을 뜻하는 것이기도 하다.

"눈맑은연어야, 우리가 사라진 후에도 강물은 흐르겠지?"

"아마 그럴 거야…… 계속 흐를 거야."

"강물이 우리를 기억할까?"

"나는 강물을 믿어."

"그게 무슨 말이니?"

"강물을 믿지 못하는 연어는 강으로 돌아올 수도 없거든. 아마 우리의 알들도 강물을 믿을 거야."

눈맑은연어가 침착하게 말했다. 하지만 은빛연어는 마음 한편에서 물결처럼 철썩이는 불안감을 숨길 수가 없다.

"우리가 사라지면 강이 우리의 알들을 지켜줄까?"

"연어는 알을 지킬 필요가 없지만, 우리의 죽음이 새끼들을 키울 거야. 틀림없이 강이 알들을 지켜줄 거라고 믿어."

은빛연어는 눈앞이 캄캄해진다. 삶이라는 것을 돌이킬 수 있다면, 다시 처음부터 한번 시작해보고 싶었다. 만약에 그렇게만 될 수 있다면 눈맑은연어에게 더 아름다운 추억을 만들어줄 수 있을 것이었다. 부끄러운 삶의 시곗바늘을 뒤로 돌릴 수만 있다면……

"새끼들이 알에서 깨어나면 우리를 까맣게 잊어버리겠지?"

"하지만 잊어야만 훨씬 더 행복한 기억을 갖게 될지도 몰라. 그 게 연어의 삶이거든."

눈맑은연어는 그 말을 마치자마자 입을 커다랗게 벌린다.

그러자 눈맑은연어의 배에서 수많은 알들이 쏟아져나온다. 그 알들은 눈맑은연어의 몸 빛깔을 닮은 눈부신 앵둣빛이다. 강 바닥 산란터의 자갈 사이로 앵둣빛 알들이 가라앉고 있었다.

이제 은빛연어의 차례다. 은빛연어는 눈을 질끈 감는다. 그러자 은빛연어의 배에서 흘러나온 하얀 액체가 앵둣빛 알들을 하나하 나 적시기 시작한다.

은빛연어와 눈맑은연어는 입을 딱 벌린 채 나란히 서서 한참을 그대로 움직이지 않고 있었다. 그것은 은빛연어와 눈맑은연어가 이루어낸 이 세상에서 처음이자 마지막인 풍경이었다. 또한 그것 은 이 세상에서 가장 장엄하고, 가장 슬픈 풍경이기도 하였다.

이 한 장의 풍경을 만들기 위해 그들은 오 년 전 연약한 어린 연 어의 몸으로 상류에서 폭포를 뛰어내렸다. 이 한 장의 풍경을 만들 기 위해 그들은 바다라는 커다란 세상 속으로 거침없이 헤엄쳐갔다. 이 한 장의 풍경을 만들기 위해 그들은 북태평양 베링 해의 거친 파도를 이겨냈다. 이 한 장의 풍경을 만들기 위해 그들은 죽음을 무릅쓰고 초록강을 찾아 돌아왔다. 바로 이 한 장의 풍경을 만들기 위해 그들은 수많은 죽음을 뛰어넘었고, 이제 그들 스스로 거룩한 죽음의 풍경을 만들어내고 있는 것이다.

산란을 마치면 그들은 비로소 영혼이 없는 몸이 되어 물 위로 떠오를 것이다. 삶의 모든 에너지를 세상 속에 다시 돌려주고 그들은 하얗게 변한 가벼운 육체로 떠오를 것이다.

은빛연어와 눈맑은연어.

그들은 눈을 감기 전에 서로를 마지막으로 바라보면서 이렇게 말할지도 모른다.

"저 알들 속에 맑은 눈이 들어 있을 거야."

"그 눈들은 벌써부터 북태평양 물속을 훤히 들여다보고 있을지도 몰라."

라고.

그리고.

초록강에는 겨울이 올 것이다.

겨울이 오면 강은 강물이 얼지 않도록 얼음장으로 만든 이불을 덮을 것이다. 강은 그 이불을 겨우내 걷지 않고 연어 알을 제 가슴속에다 키울 것이다. 가끔 초록강의 푸른 얼음장을 보고 누군가 지

나가다가 돌을 던지기도 할 것이고, 그때마다 강은 쩡쩡 소리내어
울 것이다.

　봄이 올 때까지는 조심하라고, 가슴 깊은 곳에서 어린 연어가
자라고 있다고.

연어, 라는 말 속에는 강물 냄새가 난다.

이렇게 시작한 이야기는 여기서 끝난다.

내 짧은 연어 이야기는 끝나지만, 은빛연어와 눈맑은연어의 여행은 여전히 계속되고 있다. 강물이 흐르는 한, 강물이 연어들에게 거슬러오르는 일이 중요하다는 것을 가르치는 한, 연어떼는 강을 타고 돌아올 것이기 때문이다. 아마 그 중에는 은빛연어를 기억하는 연어들이 있을지도 모른다. 그들이 잔잔한 여울에서 헤엄칠 때, 그들을 보지 않고도, 지느러미가 물살 헤치는 소리만 듣고도, 은빛연어가 돌아왔다는 것을 아는 마음의 눈을 갖고 싶다.

그렇게 될 때까지 나는 자꾸 되뇌어보는 것이다.

연어, 라는 말 속에는 강물 냄새가 난다.

연어 이야기

세상을 사는 것들은 모두
보이지 않는 끈으로 연결되어 있어.
그렇지 않다면
이쪽 마음이 저쪽 마음으로
어떻게 옮겨갈 수 있겠니?
그렇지 않다면
누군가를 어떻게 사랑하고
또 미워할 수 있겠니?

1

그날 새벽 나는 꽁꽁 언 얼음장 밑에서 입을 앙다물고 있었다.

강물의 온도는 섭씨 5도였다. 어서 빨리 아침이 되어 수온이 8도에서 10도쯤으로 오르기를 기다렸다. 봄 햇살이 얼음장 위에 손을 대주기를, 그리하여 물속의 냉기를 걷어가주기를. 나는 지름 6밀리미터의 투명한 앵둣빛 껍질 속에서 한시라도 빨리 벗어나고 싶었다.

나는 알이었다. 아니, 알 속에 웅크리고 있던 또다른 나였다. 남들은 나를 작다고 하겠지만 내 생각에 나는 너무 컸다. 더이상 나 스스로를 감당할 수가 없었다. 나는 수심 40센티미터 아래 차가운 자갈에 덮여 있었다. 어떻게든 자갈 틈에서 빠져나가야 했고, 또 알을 찢어 바깥으로 탈출해야 했다. 그러므로 알을 벗어나는 일은 나를 찢는 일이었다. 그래야만 전혀 다른 나로 태어날 수 있었다.

알을 찢고 밖으로 나가는 일을 궁리하느라 육십 일이라는 시간을 소비해버렸다. 내 머릿속은 두려움과 기쁨으로 뒤엉켜 터져버릴 것 같았다. 나는 두려움을 빨아먹으며 버티고 버텼다. 그것은 공포였다. 공포가 나를 키워준 셈이다. 알에서 빠져나가는 날, 누군가 나에게 알이 무엇이냐고 묻는다면 나는 이렇게 대답할 작정이었다. 알이란, 두려움을 동그랗게 빚어 만든 말랑말랑한 구슬, 이라고.

만약에 내가 알이 아니라 강가의 조약돌이었다면 어땠을까. 물새들이 내 머리 위에 똥을 찍찍 싸갈겨도 그것이 수치스러운 일인지 몰랐을 것이고, 강가에 놀러 나온 아이가 무심코 나를 집어들어도 두려워 떨지 않았을 것이고, 그 아이의 팔매질로 멀리까지 날아가는 동안 스릴 같은 건 즐길 수 없었을 것이고, 딱딱하고 울퉁불퉁한 자갈밭에 툭 떨어져도 내 몸은 아픔을 느낄 수 없었을 것이다. 그러다가 운이 나빠 땅속 깊이 박히기라도 하는 날이면 도대체 시간이 어떻게 흐르는지, 바깥이 낮인지 밤인지도 구별하지 못할 것이며, 겨울이 얼마만큼 많은 눈을 지상에 쏟아붓는지, 봄이 어떻게 와서 흙속에 잠든 씨앗들을 깨우는지, 초록강의 여울이 왜 세찬 물소리를 내는지도 까맣게 모르고 살았을 것이다.

다시 한번 말하지만, 나는 알이었다. 나도 남들처럼 제때 지름 6밀리미터의 껍질을 벗어나야 했다. 꼬리지느러미를 달고 눈을 또랑또랑 굴리며, 자갈에 주둥이를 문지르며 이끼를 뜯어먹는 어린 연어여야 했다. 그렇지만 나는 물속 자갈 틈에서, 남들보다 늦게, 아니 그중에서도 가장 늦게 빠져나왔다. 다른 연어들보다 자그마치 한 달이나 늦은 것이다!

친구들이 다 떠나고 없는 자갈더미 속에서 혼자 게으름을 피우고 있었던 것은 아니었다. 나는 나대로 완벽했지만 세상이 나를 완벽하게 봐주지 않았다.

알이 새근새근 숨쉰다는 것을 모르는 이들은 도무지 '나'라는 존재를 이해할 수 없을 것이다. 알을 깨고 바깥으로 나와야 생명이 탄생하는 것은 아니다. 아직도 그렇게 믿는 바보들이 이 세상에는 있는 것 같다. 나는 안다. 알도 고통을 느끼고, 근심하고, 회의하고, 갈등한다는 것을. 바로 내가 알이었으니까.

2

한 달이나 늦게 알에서 빠져나오고 보니 내 옆에는 아무도 없었
다. 바늘로 눈을 찌르듯이 햇빛이 내리쬐었다. 몸은 바위라도 매단
것처럼 무거웠다. 그 누구도 내가 알에서 빠져나온 것을 반겨주지
않았다. 은근히 약이 올랐다.

'이게 뭐야? 혼자라는 건 아무것도 아닌 거잖아.'

나를 기다리지 않고 먼저 떠나버린 동무들이 원망스러웠다. 그
들은 내가 자갈더미 맨 아래쪽에 끼여 있었다는 걸 알지 못했다.
무심하기 짝이 없는 동무들이었다.

'내가 알 속에서 깨어났다는 것을, 마음껏 헤엄칠 수 있는 꼬리
를 달았다는 것을 어서 알려야겠어. 어떻게든, 그 누구에게든.'

마음이 급해졌다. 자갈 속에서 겨우 눈을 떴지만 제대로 움직일

수가 없었다. 꼬리지느러미 대신 주황빛 주머니를 배에 달고 있었기 때문이었다. 영양분이 담긴 난황주머니였다. 누가 봐도 우스꽝스러웠다. 난황주머니 때문에 배가 볼록하게 튀어나와 있었다. 이게 복주머니라면 동네방네 자랑스럽게 차고 다니겠지만 안타깝게도 이것은 1센티미터밖에 안 되는 내 존재를 더 우습게 만들고 있었다. 나는 집도 가족도 없이 혼자 자갈 속에 갇힌 신세가 되어 있었다.

자갈 틈에서 눈을 뜬 지 사흘째 되는 날이었다.

드디어 가까스로 자갈 사이를 비집고 나갈 수 있었다. 아니, 내 의지와 상관없이 물속으로 떠올랐다고 말하는 게 더 정확할 것이다. 부력 때문에 몸을 가눌 수 없었고, 햇빛이 눈을 찔러도 피할 수 없었다. 방향을 틀고 싶었지만 마음대로 되지 않았다. 솟아오를까도 생각했지만 그것 역시 뜻대로 되지 않았다. 내 옆에는 아무도 없었고, 그 누구도 나를 알아주지 않았다.

아무도 나를 알아주지 않는다는 건, 결국 내가 아무것도 아니라는 뜻이었다. 그저 1센티미터의 작은 물고기일 뿐. 수치심으로 몸이 떨렸다.

'나는 도대체 무엇이란 말인가?'

나 스스로 가고 싶은 곳까지 갈 수 있게 된 것은 거추장스런 난황주머니를 떼어낸 뒤였다. 혹을 떼어낸 것 같았다. 몸이 한결 가벼워졌다. 그렇지만 멀리까지 갈 수는 없었다. 조금만 헤엄을 쳐도 아가미가 뻐근해지고 금세 피곤이 밀려와 지느러미를 흔들 수조차 없었다. 그럴 때면 물속에 엉켜 있는 갈대줄기들 사이로 들어가 늘어지게 잠을 잤다. 잠은 먹이보다 맛있었다.

몸이 3센티미터쯤 되었을 때였다. 물살에 몸을 맡기고 하류 쪽으로 한가하게 헤엄을 치고 있었다. 좁다란 여울을 지나는데 누군가 머리를 마구 잡아당기는 것 같았다. 갑자기 거센 물살에 휘감기고 만 것이었다. 나는 재빨리 상류 쪽으로 방향을 틀었다. 그러자 이번에는 그 강력한 힘이 꼬리를 사정없이 잡아당겼다. 나는 끌려가지 않으려고 꼬리지느러미를 힘차게 저었다. 하지만 물살에 꼬리를 붙잡힌 몸은 한 치도 나아갈 수 없었다. 꼬리가 끊어질 듯 아팠다. 입을 악다물었다.

나 자신을 어찌해볼 도리가 없었다. 나라는 존재를 붙잡을 수도 버릴 수도 없었다. 순식간에 몸이 공중으로 들어올려졌다. 나는 어디론가 날아가고 있었다. 목적지가 어디인지도 물론 알 수 없었다. 나는 캄캄하고 축축한 구렁텅이로 추락하고 있었다.

귓속을 파고드는 물소리에 정신이 번뜩 들었다. 물소리는 내 몸을 부숴버릴 듯 나에게 덤벼들었다. 생전 처음 들어보는 소리였다. 우렁찬 물소리에 나라는 존재는 순간 물방울만큼 작게 여겨졌다. 폭포에서 떨어진 것이었다. 나는 폭포 아래 축축한 모래톱에 모로 누워 있었다.

그때 네가 다가왔다. 너는 물가로 가만가만 헤엄쳐왔다. 네 몸은 나보다 훨씬 크고 길어서 6센티미터쯤 되어 보였다. 늘씬한 몸을 감싸고 있는 가지런한 은빛 비늘이 반짝 빛났다. 숨을 들이켰다가 뱉을 때마다 네 기름진 배가 규칙적으로 발름거리고 있었다. 희한했다. 나도 어느 틈엔가 너를 따라 숨을 들이켰다가 내뱉고 있었다.

네가 방향을 바꾸어 헤엄을 치면 은빛 비늘이 햇빛을 받아 춤을 추는 것 같았다. 너는 어린 수컷연어였다. 너의 춤은 유연했다. 마치 어떤 부드러운 리듬에 몸을 맡긴 듯 보였다. 네가 춤을 추면 투명한 살 속에 훤히 비치는 가느다란 등뼈도 함께 춤을 췄다. 눈이 부셨다. 눈부신 그 춤에 대해서라면 지금까지 내가 지내온 시간보다 더 길게 말할 수도 있다. 하지만 지금은 아니다. 좀더 뒤로 미뤄두자.

"누구니, 너는……?"

네 목소리는 굵고 또렷했다. 하지만 그 소리는 물결처럼 귓가에 닿았다가 금세 멀어져갔다. 순간 내가 까무룩 정신을 잃고 말았던 것이다. 눈을 뜨자 유리알처럼 투명하고 또랑또랑한 네 목소리가 다시 들렸다.

"누구니, 너는……?"

그건 내가 묻고 싶은 말이었다. 어처구니없는 상황에 맞닥뜨리게 되면 누구나 말이 입밖으로 나오지 않는 법이다. 나도 네게 단 한마디라도 말을 걸고 싶었다.

'너는 누구야? 너는 어디서 왔지? 왜 내 옆에 나타났어? 앞으로 이 상황을 어떻게 헤쳐나갈 거야?'

나는 말을 하려고 안간힘을 쓰며 입을 뻐끔거렸다. 하지만 입이 열리지 않았다. 어둠이 내 몸속으로 밀려들어왔다.

3

나는 모래톱에 죽은 듯이 누워 있었다. 햇살이 콕콕 살갗을 찔러댔다. 나는 살며시 눈을 떴다. 네가 옆에 있었다. 햇살이 바늘처럼 더이상 내 몸 깊이 박히지 않도록 너는 쉬지 않고 꼬리로 물을 튕겨주고 있었다. 네가 그렇게 해주지 않았더라면 나는 그 자리에서 나뭇가지처럼 뻣뻣해졌을 것이다. 나는 옆으로 돌아누운 채 물을 튕겨주고 있는 너를 가만히 바라보았다. 너는 마치 나를 응원하는 것 같았다.

나에게 물을 튕기며 응원하는 네가 고마워서라도 나는 자리에서 벌떡 일어나야 했다. 하지만 수정구슬 같은 물방울이 내 몸에 감기는 그 기분 좋은 느낌을 떨쳐내기가 싫었다.

"이제 그만 일어나는 게 어때? 이미 정신이 들었다는 거 다 알고 있단 말이야."

나는 그만 속마음을 들키고 말았다.

"네 몸을 적시느라 꼬리를 많이 움직였더니 힘이 드네. 지느러미 끝이 좀 욱신거려. 그래도 네가 깨어났으니 다행이야."

너는 우쭐거리며 말하더니 수면을 박차고 공중으로 풀쩍 뛰어올랐다. 그 모습을 보자 나도 용기가 생겼다. 머뭇거릴 틈이 없었다. 나도 모랫바닥을 꼬리로 힘껏 내리쳤다. 몸이 공중으로 붕 떠오르더니 네 바로 옆으로 찰보동, 하고 멋지게 떨어져내렸다. 그런 공중회전 묘기를 본다면 누구라도 탄성을 내질렀을 것이다.

"괜찮니?"

너는 가까이 다가와 걱정스러운 듯 물었다. 문득 수컷인 너와 암컷인 내가 너무 가까이 붙어 있다는 생각이 들었다. 나는 꼬리를 흔들어 찔끔 뒤로 물러나며 말했다.

"고마워."

너는 깔깔거리며 웃더니 나에게 물었다.

"너는 어디서 왔니?"

"저기, 위쪽……"

나는 더듬거리며 폭포 위쪽을 눈으로 가리켰다. 순간 네 눈이 휘둥그레졌다.

"정말이야? 나는 폭포 위쪽으로 가고 싶어 여기까지 거슬러올라왔는데…… 네가 거기서 왔다니 믿기지가 않네."

폭포 위와 아래가 어떻게 다른지 나는 잘 모른다. 세찬 물줄기와 물소리를 뚫고 폭포 위로 올라가고 싶다니, 말도 안 된다.

'왜 올라가고 싶다는 거지? 그게 과연 가능한 일일까?'

폭포를 거슬러 뛰어오른다니, 어림도 없는 일이었다. 여차하면 여린 살갗이 사나운 물살에 갈가리 찢어질 수도 있는데 말이다.

그런데도 너는 보채듯이 말했다.

"아, 궁금해 죽겠어. 폭포 위 말이야. 거기에서 왔으니 나한테 폭포 위쪽 이야기 좀 해줄래?"

너는 참 당돌하고 엉뚱한 연어였다.

'늘 비슷비슷한 속도로 흐르는 물에 대해, 물소리에 대해, 물풀들에 대해, 수많은 자갈들에 대해 무엇을 말하라는 거지?'

나는 한나절 동안 아무것도 먹지 않아 배가 슬슬 고파왔다. 그래서 엉겁결에 이런 말을 해버리고 말았다.

"폭포 아래에서 제일 맛있는 건 뭐지?"

너는 대답이 없었다. 네 머릿속은 온통 폭포 위에 대한 호기심으로만 가득 차 있는 것 같았다.

"폭포 위에는 어떤 새가 살아?"

"새라고?"

그때 네가 얼마나 한심해 보였는지 너는 모를 것이다. 무엇보다 나는 배가 고팠고, 새 따위에 관심을 가질 만큼 여유롭지 않았다. 나를 기다리지 않고 먼저 떠나버린 동무들을 만나는 일이 급했기 때문이다.

너는 등지느러미를 바르게 펼쳐 보이며 말했다.

"폭포 아래로 이렇게 새처럼 사뿐히 내려앉았겠구나."

나는 웃음이 터져나오는 것을 겨우 참았다. 급류에 휩쓸려 떨어졌을 뿐인데 말이다. 너는 뭘 모르고 있었다. 나는 네게 폭포가 얼마나 위험한지 이야기해주었다.

"폭포는 뛰어오를 수 없는 벽이야. 폭포의 물살은 말할 수 없이 엄청난 힘을 가지고 있어. 나는 물살에 휩쓸려 떨어졌을 뿐이라고. 그러니까 벽에서 떨어진 거나 다름없어."

내 말을 듣고 너는 무척 흥미로워하는 것 같았다.

"벽……? 벽은 뛰어오르라고 있는 것 아니야?"

네 눈이 반짝, 하고 빛났다. 너는 계속해서 말을 이어갔다.

"난 말이야, 넘지 못할 벽은 없다고 생각해. 아니 오히려 뛰어오르라고, 도전하라고 벽은 높이 솟아 있는 게 아닐까? 벽 앞에서 절망하고 되돌아서는 이들을 위해 한번 덤벼들어보라고, 주저앉아서는 안 된다고, 반드시 뛰어넘어야 한다고 벽은 말하고 있는 거야. 그래서 벽은 높고, 두텁고, 강하고, 오만한 것처럼 보이는 거지. 이 세상 어떤 벽도 하늘 위까지 막혀 있진 않아. 그러니까 넘을 수 없는 벽이란 없는 거야. 많은 연어들이 그 말을 이해하지 못하는 게 안타까워."

네 목소리가 커질수록 나는 점점 작아졌다. 네가 수컷이고 내가 암컷이기 때문은 아니었다. 벽을 뛰어넘다니, 나는 네가 벽이라고 말하는 폭포에서 힘없이 떨어졌을 뿐이었다. 나는 모래알처럼 작아지고 있었다.

"우리가 사는 물속도 벽이나 다름없어. 그곳을 벗어나고 싶어. 새가 되면 물속을 벗어날 수 있어. 그 길밖에 없어."

네가 왜 그렇게 집요하게 새 이야기를 꺼냈는지 조금 알 것 같았다. 너는 새가 되어 하늘을 자유롭게 날아다니는 꿈을 꾸고 있었다. 너는 물속에 갇혀 살기보다 하늘을 날고 싶어했다.

4

폭포와 벽과 그리고 새를 이야기하는 동안 문득 머릿속이 환해졌다. 아무리 사소한 것이라도 새로운 정보와 지식이란 신통한 것. 게다가 그동안 모르던 것을 알게 되면 자연히 더 궁금한 게 많아지는 법이다.

나를 괴롭히던 배고픔도 어느덧 사라지고 없었다. 폭포 아래에서 제일 맛있는 게 무엇이냐고 묻던 일이 창피해졌다. 나는, 나도 모르는 사이에 부쩍 성장해 있었다. 실제로 온몸에 훨씬 빠른 속도로 피가 도는 것 같았다. 몸집도 좀 불어난 것 같았고, 마음만 먹으면 어디든 헤엄쳐갈 수 있을 것 같았다. 네게 묻고 싶은 것도 자연히 많아졌다.

"너는 어떤 새가 되고 싶은데?"

"큰 새는 싫어. 독수리나 물수리처럼 날개가 크면 거추장스러울 것 같아."

"그럼 작은 새가 되고 싶다는 거로구나."

나는 네 눈망울을 들여다보았다.

"작아도 멀리까지 날아가는 새가 되고 싶어. 아주 멀리, 보이지 않는 곳까지 날아갈 수 있는 새 말이야."

네 마음속에서 너는 이미 지느러미를 달고 있는 물고기가 아니었다. 너는 날개 달린 새였다. 너는 물속에 사는 벌레 따위를 찾는 어린 연어가 아니었다. 너는 구름 위에서 짙푸른 창공의 공기를 마시는 당찬 새 한 마리였다. 보이지 않는 곳까지, 멀리 날아가고 싶은.

너는 또 이런 말로 나를 깜짝 놀라게 했다.

"둥지를 만들고 싶어. 그러면 내 짝이 거기에 알을 낳을 거야."

알, 이라는 말을 듣자마자 마음이 알싸하게 아려왔다.

'그래, 나도 너도 모두 알이었지.'

그런데 둥지를 어떻게 만들겠다는 것인지…… 머릿속이 복잡해졌다. 그런 사정도 모르고 너는 한술 더 떴다.

"새끼들이 알에서 깨어나면 벌레를 잡아 입안에 넣어줄 거야."

아버지와 어머니는 나를 낳았지만 길러주지 않았다. 아버지는 내게 물속에서 헤엄치는 법, 천적들을 피하는 법을 가르쳐주지 않았다. 어머니는 나를 낳고 물풀 하나, 벌레 한 마리 입안에 넣어주지 않았다. 그들은 나를 낳자마자 눈을 감아버렸다. 그들은 새가 아니라 연어였으므로. 그들은 죽음으로써 나의 탄생을 세상에 알리고 싶었던 것일까? 그렇다고 이제 와서 길러주지 않은 부모를 원망하는 것은 아니다.

나는 결코 잊지 않고 있다. 내 기억 속에 아주 선명하게 남아 있는 그 순간을 말이다. 어머니는 알을 낳은 뒤 뚫어지게 나를 내려다보았다. 그때 어머니의 몸은 헝겊처럼 너덜너덜해져 있었다. 다 해진 주둥이에서는 핏물이 번져나오고 있었고, 꼬리는 힘없이 흔드는 손 같았다. 어머니는 다른 물고기가 침범하지 못하도록 체력이 다할 때까지 나를 지켰다. 몸의 기운이란 기운이 다 빠져나간 어머니가 숨을 거두기 직전이었을 것이다. 어머니는 물살에 휩쓸려 떠내려가지 않으려고 꼬리 힘으로 버둥거리며 나를 내려다보았다. 나는 어머니의 눈이 슬픔으로 가득 차 있는 것을 보았다. 그때 그 슬픈 눈은 이 세상에서 가장 맑은 눈이었다.

아버지와 어머니를 떠올리는 사이, 누군가 내 몸을 두 손으로 감싸왔다. 순간 나는 그 안에서 빠져나오려고 꼬리지느러미를 흔들었다. 하지만 그럴수록 더욱 완강해지는 손아귀에 갇혀 나는 꼼짝할 수가 없었다.

갑자기 물소리가 다시 커지고 있었다. 하지만 폭포에서 떨어지는 물소리는 아니었다. 강이 좁아지면서 여울이 생겼는데, 여울물이 자갈들을 쓰다듬으며 흐르는 소리였다. 나는 여울을 따라 미끄러지듯 내려가고 있었다. 내 몸을 감싸고 있던 두 손이 나를 풀어놓아준 듯했다.

"은빛연어와 눈맑은연어가 있었단다."

여울이 끝나는 지점에서 낮은 목소리가 들려왔다. 나는 하마터면 소리를 내지를 뻔했다. 그 목소리의 주인공은 내 아버지와 어머니를 말하고 있었던 것이다.

"그들은 연어에겐 연어의 길이 있다고 믿었어."

목소리는 들릴 듯 말 듯 내 귀를 적셔왔다. 낮고 부드러운 소리였다.

"당신은 누구세요?"

내가 물었다.

"나는 초록강이야."

초록강의 목소리는 내 가슴 한켠에 한 겹 한 겹 내려쌓이고 있었다.

그때 앞서 가던 네가 뒤를 돌아보았다.

"무슨 소리가 들리지 않니?"

네가 주변을 휘 둘러보며 물었다. 나는 시치미를 뚝 잡아뗐다.

"글쎄? 물소리겠지 뭐."
너는 눈을 크게 뜨며 말했다.
"내가 뭘 잘못 들었나?"

5

"제비를 본 적 있니?"

"제비가 뭐야?"

"나는 제비가 되고 싶어."

너는 무엇인가 간절하게 생각하는 표정을 지었다.

"제비는 아주 날렵한 유선형 몸매를 가지고 있어. 머리부터 꼬리까지 윤기 나는 검정 코트를 입고 있지. 가슴과 배는 하얗지만 목에는 신사처럼 검은 띠를 두르고 있단다. 제비는 진흙과 지푸라기로 밥공기만한 둥지를 짓지. 해마다 거기에다 대여섯 마리의 새끼를 낳아 기르는데, 하루에 수백 번 벌레를 물어다가 새끼들을 먹인다고 해. 참 부지런하지? 양옆으로 쪽 뻗은 날개로 하늘을 나는 데는 선수야. 다만 다리가 약해서 걷지 못하는 게 흠이지. 하지만 새인데 걸어다닐 필요가 있겠어? 제비는 봄에 왔다가 10월쯤 저 남쪽의 따뜻한 나라로 가서 겨울을 보내. 베트남, 태국, 미얀마, 그리고 중국의 남쪽 지방으로 말이야. 이동할 때는 수천 마리가 함께 모여서 간대. 그거 참 볼 만하겠지?"

제비에 대한 네 이야기는 지루하지 않았다. 나는 점점 새로운 세계 속으로 빠져들어갔다.

"대단하구나. 그런 얘긴 다 어디서 들었니?"

"학교에서 배웠지, 수업시간에."

"학교?"

너는 나처럼 자갈 틈에서 눈을 뜬 게 아니었다. 초록강 하류에는 연어 알을 인공수정해서 기르는 '물고기연구소'가 있고, 그 연구소의 연어사육장을 너는 학교라고 불렀다. 사각의 콘크리트 벽으로 둘러싸인 학교에는 일억 마리가 넘는 어린 연어들이 자라고 있다고 말했다. 인공수정 이후 사람들에 의해 부화된 연어는 똑같은 시간에 잠을 깨고, 똑같은 시간에 먹이를 먹고, 똑같은 시간에 목욕을 하고, 똑같은 시간에 약을 먹고, 똑같은 시간에 공부를 하고, 똑같은 시간에 잠을 잔다는 것이었다.

"학교에서는 벌레 따위를 잡으려고 애써 헤엄치지 않아도 되겠네?"

"응."

너는 건성으로 대답했다. 내 질문이 한심했는지 너는 한참이나 나를 멍하게 바라보았다. 더이상 대화를 하고 싶지 않은지, 눈초리가 위로 올라갔다. 나는 멋쩍게 너의 주위를 한 바퀴 돌았다. 너는 아가미로 물방울을 뽀르릉 뿜어올리더니 학교에서 배운 것들을 하나하나 말해주었다.

"날개 달고 하늘을 날아다니는 것들을 조류라고 합니다. 양 날개는 앞다리가 변형된 것이고, 잘 날 수 있도록 새들의 뼛속은 비어 있어요. 새들은 여러 감각들 중에서도 특히 시각이 잘 발달되어 있는데, 누구보다 노래를 잘 부르지요. 모든 새들은 가수라고 할 수 있어요. 수백 미터 밖에서 친구한테 노래를 들려줄 수 있는 새들도 있거든요. 인간들은 이 노랫소리를 가끔 '울음소리'라고 표현하기도 해요. 그건 아마 인간들의 세상에서는 노래하는 일보다 울어야 할 일이 많이 일어나기 때문이 아닌가 싶어요."

너는 생물시간을 좋아했다. 생물선생님의 한마디 한마디는 너의 귀에 쏙쏙 들어왔다.

"먼 바다를 건너는 일도 새들에게는 어려운 일이 아니지요. 제비라는 철새가 있어요. 아주 날렵한 유선형 몸매를 가지고 있는 제비는 시속 이백 킬로미터가 넘는 속도로 바다를 건넌답니다."

생물시간에 제비를 알고부터 너는 날개를 단 제비가 되었다. 뼛속에는 공기가 가득 차 네 몸은 가벼웠다. 너는 바람을 가르고 구름을 뚫고 솟아올랐다. 숲을 내려다보았고, 바다를 건넜다. 나뭇가지 끝에서 청아한 목소리로 노래를 불렀다. 노래는 풀잎 끝의 이슬이 되어 또르르 굴러내렸다. 참을 수 없었다. 너는 수업시간에 벌떡 일어나 서슴없이 말했다.

"선생님, 저도 제비가 되고 싶어요!"

너의 말은 순식간에 학교 전체로 퍼져나갔다.

'새가 되고 싶다고 말한 아이가 있대.'

'저런, 이제 경을 치겠구나.'

'어떻게 그런 말을……'

제비가 되고 싶다고 말한 것은 돌이킬 수 없는 잘못이었다. 그 다음 날 학교의 상벌위원회에서는 만장일치로 너를 학교에서 쫓아내기로 결정했다. 어린 연어의 품위를 망가뜨렸다는 게 이유였다. '물고기연구소' 학생으로서 성실하게 공부할 의무를 위반했다는 사유도 보태졌다. 수컷연어로서 말을 너무 가볍게 내뱉었다는 엉뚱한 핀잔도 쏟아졌다. 친구들은 교장선생님을 찾아가 싹싹 빌어보라고 설득했지만 너는 코웃음을 쳤다.

"흥, 잘됐지 뭐."

추방 결정이 내려진 그날 오후 너는 교문을 빠져나왔다. 그러고는 다시는 학교로 돌아가지 않았다.

"새가 물고기가 되고 싶다는 말을 했다고 해서 하늘에서 쫓겨났다는 이야기를 들어보았니?"

"아니."

"하늘과 물속을 바꿔 생각할 수도 있는 것 아냐? 새들이 지느러미를 달고 헤엄을 치고, 물고기들이 날개를 달고 구름을 뚫는다고 생각만 해도 신나잖아."

"아……"

내 입에서 가벼운 탄성이 흘러나왔다.

"학교에서 왜 장래희망을 적어내라고 하는지 도무지 이해가 되지 않아."

너는 조금 침울해 보였다.

"학교는 감옥이야."

그러고는 내게 물었다.

"폭포 위에는 학교가 없지?"

"네가 말하는 감옥 같은 건 없지."

내 대답에 네 표정이 바로 바뀌었다.

"정말 좋은 곳이네?"

너는 환하게 웃으며 말을 이었다.

"밖에서 보면 감옥은 무언가를 가둬두는 곳이지. 하지만 감옥 안에서 보면 그것은 벗어나기 위해 있는 곳이야. 그런데 감옥 안에서도 벗어날 줄 모르는 이들이 있어. 바로 선생님들이야. 선생님은 감옥 안에 있는, 또하나의 움직이는 감옥이나 마찬가지지."

너의 얼굴에 어두운 그늘이 지나갔다.

너는 '물고기연구소'에 대해 하고 싶은 말이 많은 것 같았다. 너는 거기에서 언어, 수학, 자연, 사회 등을 공부한다고 했다. 그것들은 내가 처음 듣는 낯선 단어들이었다. 너는 친절하게 설명했다. 언어 과목은 올바른 표현과 이해를 위해 말하기·듣기·쓰기·읽기를 중심으로 공부하며, 수학은 삼각자와 컴퍼스와 숫자가 필요한 과목이고, 자연은 강물 주변에 사는 생물들에 대해 공부하는 과목이며, 사회는 존재와 존재의 관계에 대해 공부하는 과목이라고 했다. 그리고 학교에서는 잠자는 시간을 빼고 누구나 공부에 집중해야 한다고 덧붙였다. 심지어는 아예 잠자는 시간을 줄여 공부에 몰두하는 친구들도 있다고 했다.

"학교에 다니는 친구들은 다들 똑똑하겠구나."

"처음엔 누구나 똑똑하지. 그런데 공부를 하면 할수록 똑똑한 애들이 줄어드는 게 문제야."

"무슨 말이지?"

"점수로 성적을 매기거든. 함께 물속을 헤엄치며 다닐 때는 누구나 다 똑똑하고 지혜로워. 누가 먹이를 빨리 찾는지, 누가 회전을 빠르게 하는지 우리는 다 알지. 하지만 학교에선 그런 것에는 점수를 주지 않아. 시험을 치르고 점수와 성적이 나오면 일등부터 꼴찌까지 순위가 정해지지. 성적표로 차별이 시작되는 거야. 그 순위에 따라 선생님들이 사랑을 나눠주거든. 우리가 성적표를 뭐라고 부르는지 알아?"

"글쎄."

"'감옥이 나눠준 사랑.' 우린 그렇게 불러."

알 듯 모를 듯한 말을 너는 계속 이어갔다.

"그래도 별자리 공부는 재미있었는데……"

너는 말끝을 흐렸다. 너는 어떤 과목보다 하늘의 별자리를 공부하는 것을 좋아했다. 별자리 중에서도 물고기자리는 너의 호기심을 끌어당기기에 충분했다.

"페가수스자리와 안드로메다자리의 남쪽에 위치한 물고기자리는 두 마리의 물고기를 끈으로 연결한 형상이야. 미의 여신 아프로디테가 괴물 티폰을 피해 자신의 발과 아들의 발을 끈으로 묶고는 물고기로 변했다는 전설을 품고 있지."

"어머니와 자식 사이를 연결한 끈이라고?"

나는 화들짝 놀라 물었다. 어머니, 라는 말 한마디 때문이었다.

"왜 그래?"

오히려 네가 놀라서 물었다.

어머니의 슬픈 눈망울이 눈앞에 어른거렸다. 나는 아무 일도 아니라는 듯 너를 향해 고개를 흔들었다.

"밤하늘에 그 끈이 선명하게 잘 보이는 것은 아니야. 어쨌든 우리가 일생 동안 따라가야 할 길이 밤하늘의 별자리에 있대. 별을 잃어버리면 길을 잃어버리는 거래."

연어는 별을 따라다녀야 한다는 말은 오랫동안 너를 설레게 했다.

"새가 되면 별이 있는 별자리까지 날아갈 수 있을지 몰라. 하지만 거기까지 가려면 지느러미 대신에 날개를 달아야 해. 학교에서는 가르쳐주지 않는 게 너무 많아. 학교에서는 눈에 보이는 것들만 가르치지. 이를테면 지느러미 사용법은 가르쳐도 날개 사용법은 가르치지 않거든."

너를 좀 다독여줘야겠다는 생각이 들었다.

"학교에는 일억 마리가 넘는 어린 연어들이 자라고 있다고 했잖아? 개중에는 꿈꾸는 연어들이 적지 않을 거야."

"아무리 연어들이 많으면 뭐해? 아무리 운동장이 넓으면 뭐해? 아무리 먹을 게 많고 도서관에 책이 많으면 뭐해? 혼자 있을 곳이 있어야지."

그러고 나서 너는 중얼거리듯 말을 이었다.

"제비가 되면 혼자서도 산 너머까지, 또 저 별들까지도 갈 수 있을 텐데……"

우리는 그렇게 달랐다. 나는 혼자인 게 싫어 강을 따라 내려가려고 했고, 너는 혼자이고 싶어 강을 거슬러오르려고 했다. 나는 이 세상에 대해 아는 게 별로 없는 겁 많은 연어였고, 너는 아는 게 너무 많아 두려움이 없는 연어였다. 나는 내가 누구인지 말할 자신이 없었지만, 너는 네가 누구인지 말하고 싶어 안달을 하는 연어였다.

6

너는 폭포의 물줄기가 떨어지는 지점까지 가보자고 했다. 네가 용감하게 앞장섰고 나는 그 뒤를 따랐다. 폭포는 거대한 물줄기를 아래로 아래로 내리꽂고 있었다. 물줄기가 떨어지는 자리마다 헤아릴 수 없는 물방울이 뽀글거리며 피어올랐다. 사납게 피어오른 물방울들은 우리를 물가로 마구 밀어냈다.

앞에서 헤엄치던 네가 갑자기 '엄마!' 하고 소리를 질렀다. 폭포의 거센 물살이 너를 수면 위로 떠밀어올렸다가 내려놨던 것이다. 엄마, 라는 말에 나는 주위를 두리번거렸다. 우리 주위에는 아무도 없었다. 엄마, 라는 말이 귓가에 쟁쟁거렸다.

"엄마가 보고 싶어."

내 입에서 불쑥 이런 말이 튀어나왔다.

"엄마라니? 엄마가 뭐지?"

내 말을 듣고 네가 꼬리를 저으며 다가왔다. 나는 당황스러웠다. '엄마'라는 말의 뜻을 너에게 어떻게 설명해줘야 할지.

"엄마……"

가슴이 알싸해졌다. 내 마음도 모르고 너는 계속해서 엉뚱한 말을 내뱉었다.

"그건 깜짝 놀랄 때 내지르는 소리잖아?"

너는 '어머니'라는 말도 제대로 몰랐다. '아빠'라는 말도, '아버지'라는 말도 몰랐다. 너를 낳아 이 세상으로 보내준 이들이 있었다는 것을 까맣게 모르고 있었다.

"저 폭포가 너를 나한테 보내줬구나."

너는 한참을 키득거리며 웃더니 다시 이렇게 말했다.

"폭포는 참 고마운 곳이네."

나는 그런 네가 답답했다.

"넌 정말 부모를 몰라?"

내 말에 너는 별안간 까르르 웃었다.

"부모 없이 태어나는 물고기가 어디 있니?"

너는 태연한 척 말했지만, 나는 믿을 수 없는 사실을 또하나 알게 되었다. 학교에서 자란 연어들은 놀랍게도 인간을 부모로 생각한다는 것이었다. 너는 인간의 손에 수정되어 사육장으로 옮겨졌고, 알에서 깨어난 후에도 '물고기연구소'에서 인간이 주는 먹이와 약을 먹고 자란 연어였다.

나는 알을 낳은 뒤에 뚫어지게 나를 내려다보던 어머니의 모습을 기억하고 있지만, 네게는 그런 기억이 없었다. 헝겊처럼 너덜너덜해진 어머니의 몸에 대해서도, 어머니의 해진 주둥이에서 번져나오던 핏물에 대해서도 알지 못했다. 나를 키운 것은 강이었지만, 너를 키운 것은 인간이었다.

"저 알들 속에 맑은 눈이 들어 있을 거야."

"그 눈들은 벌써부터 북태평양 물속을 훤히 들여다보고 있을지도 몰라."

나는 기억한다. 아버지와 어머니가 눈을 감기 전에 나누었던 대화를.

네가 어머니의 존재를 이해하기 위해서는 꽤 오랜 시간이 필요할 것 같았다. 네가 나중에 어머니가 누구인지, 어머니와 너의 관계가 어떤 건지 묻는다면 나는 이렇게 말해줄 생각이었다.

'어머니가 부르는 소리를 따라가는 게 우리의 삶이야. 나는 어머니가 우리를 낳고 죽은 뒤에 바다로 떠내려간 게 아니라고 생각해. 어머니는 알을 낳은 뒤에 알에다 보이지 않는 실을 묶어놓았어. 우리가 어디로 헤엄쳐가야 하는지, 우리가 어떻게 어머니의 강인 초록강으로 돌아올 수 있는지 어머니는 다 알고 있을 거야. 어

머니와 우리는 끊어지지 않는 실로 연결이 되어 있거든.'

7

너를 만난 지 며칠이 지난 뒤였다.

너럭바위 아래에서 늘어지게 낮잠을 자다가 밖이 소란스러워 잠에서 깨어났다. 나는 고개를 살짝 내밀고 바깥을 내다보았다. 빗방울이 강물 위로 떨어지고 있었다. 봄비였다. 빗방울은 일정한 간격으로 강물의 건반을 두드리고 있었다. 넘치지도 모자라지도 않은 봄비의 선율은 부드러웠다. 나는 수면 위로 올라가 입을 벌리고 빗방울을 받아먹고 싶었다. 왠지 빗소리만큼이나 그 맛도 달콤할 것 같았다.

그때 빗소리보다 더 요란한 소리를 내며 한 떼의 어린 연어들이 다가왔다. 수컷 연어와 암컷 연어 들이 한데 뒤섞여 있었다. 한 무리의 암컷 연어들이 너를 둘러쌌다. 그들의 비늘에는 푸르스름한

멍이 들어 있었고, 꼬리지느러미에도 얼룩덜룩한 보랏빛 점이 한 둘씩 박혀 있었다. 몸집들이 나보다는 훨씬 큰 게, 너랑 비슷해 보였다. 다들 배가 볼록 튀어나와 있었다.

너는 그들에게 둘러싸여 고개를 끄덕이기도 하고 무슨 말인가 열심히 설명을 해주기도 했다. 너는 자상했지만 나머지 연어들은 천방지축이었다. 네 이야기를 듣는 둥 마는 둥 서성거리기만 하는 아이, 네 꼬리를 깨물려고 달려드는 아이, 코를 벌름거리며 네 아랫배 쪽을 쿵쿵거리는 아이, 일없이 수면 위로 뛰어올랐다가 떨어지는 아이…… 말릴 수 없는 아이들이었다. 너를 둘러싸고 있는 무리 때문에 혼란스러웠다. 나는 맹랑한 아이들을 다만 바라보고만 있었다.

그때 내 마음속 또다른 연어가 내게 말했다.

'저 거친 암컷 연어들 사이에 있는 그애를 가만 놔두면 안 돼!'

나는 내 마음속 연어의 명령에 따라 왕버들 줄기들 속에서 바깥으로 재빨리 헤엄쳐나갔다. 그때 꼬리에 빨간 문신을 한 연어가 나를 보았다.

"얘는 뭐야? 아직 한참 어린 암컷이잖아."

6센티미터가 넘는 아이들이 겨우 3센티미터쯤 되는 나를 내려다보았다. 그들이 힘을 합쳐 내리누르면 나는 곧바로 나뭇잎처럼 납작해질지도 몰랐다. 그들이 나를 깔보는 듯 쳐다보는 동안 나는 너와 눈을 맞추려고 재빠르게 너를 찾았다. 너는 무리에서 빠져나오려고 애를 쓰고 있었다.

"아, 너였구나!"

그러고 나서 너는 당황하며 이렇게 말했다.

"내 동무들이야."

그들은 학교에서 너와 함께 생활하던 아이들이었다. 너처럼 엉뚱한 말을 했다가 쫓겨난 아이도 있었고, 수업시간에 선생님 몰래 도망나온 아이도 있었고, 단순한 호기심에 상류로 올라온 아이도 있었고, 네가 퇴학을 당한 뒤에 너의 꽁무니를 쫓아 학교를 그만둔 아이도 있었다. 나는 그들로부터 너를 읽었다. 그들은 너의 동무들이었으며, 또다른 너였다.

너는 동무들에게 나를 소개했다.

"얘는 내 동무야."

아, 이 말을 듣고 내가 얼마나 숨이 막힐 것만 같았는지! '내 동무들'과 '내 동무'는 큰 차이가 있다. 그들은 네게 수없이 많은 복수였고, '그중의 하나'였지만, 나는 너의 유일한 단수였다. 너는 나를 단 하나뿐인 동무로 여기고 있는 게 틀림없었다. 그때 내가 속으로 얼마나 의기양양해졌는지 너는 아마 몰랐을 것이다.

"몸집이 작은 암컷이라고 얕잡아보면 안 되는 동무란다. 우리가 가고 싶어하는 폭포 위에서 새처럼 아래로 내려앉았거든."

너는 동무들에게 한마디 더 귀띔해주고는 나에게 한쪽 눈을 찡긋해 보였다. 나는 그 자리에서 달아나고 싶었다.

순간, 내 마음은 너에게로 급박하게 기울고 있었다. 너에게로 마음이 다 가버린 뒤에 어떤 일이 일어날지는 생각하기 싫었다. 그뿐만이 아니었다. 내 마음이 네게 기운다고 생각하니까 너의 주변이 더 환하게 보이기 시작했다. 좌충우돌하는 너의 다른 친구들까지 머잖아 내 동무가 될지도 모른다는 생각이 들었다. 마음이 은모래가 깔린 강바닥처럼 편안해졌다.

'너를 만난다는 것은 너의 배경까지 만나는 일이야. 너를 만난다는 것은 너의 상처와 슬픔까지 만나는 일이지. 너를 만난다는 것은 너의 현재만 만나는 일이 아니야. 네가 살아온 과거의 시간과 네가 살아갈 미래의 시간까지 만나는 일이지.'

학교를 뛰쳐나온 아이들은 겁이 없었다. 그들은 함부로 말을 내뱉었으며 어디든 들쑤시고 다니는 것을 좋아했다. 하지만 자신이 내뱉은 말을 주워담지 못했고, 들쑤시고 다닌 흔적을 지우지 못했다. 비늘의 푸른 멍들은 서로 치고 받아 생긴 상처였으며, 꼬리지느러미에 박힌 얼룩덜룩한 점은 끼리끼리 몰려다니는 한 패라는 것을 나타내기 위한 문신이었다. 그러면서 또 한편으로는 다들 혼자 있고 싶어 안달이었다. 하지만 그들은 혼자 지내는 일에 익숙하지 않아 외로움도 잘 탔다. 그 외로움을 이기는 방법 중 하나가 술을 마시는 일이었다.

꼬리지느러미에 빨간 문신을 새긴 암컷 연어가 큰 소리로 말했다.

"술을 마시면 평소에는 못 하던 말도 할 수 있고, 어느 곳이든 갈 수 있고, 누구든 만날 수 있어. 원하는 모든 것을 이룰 수 있는 거야."

"술이라고?"

술이라는 말이 네 호기심을 자극했다. 빨간 문신을 한 연어가 계속 이야기했다.

"술을 마시면 처음엔 눈이 풀리고 몽롱해지는 기분이 들어. 그러다가 수천 마리의 새떼들이 날아드는 환영에 사로잡히기도 하고, 새가 되어 구름 속을 떠다니는 기분이 되기도 해. 그러다간 나도 모르게 몸뚱어리가 물 위에 둥둥 뜨게 되지. 바로 그때야. 그야말로 최고의 순간이지!"

빨간 문신 연어는 게슴츠레 눈을 떴다. 실제로 빨간 문신 연어는 술을 마신 듯했다. 너는 벌린 입을 다물지 못하고 신기하다는 듯한 표정을 지었다. 술을 마시면 가고 싶은 곳까지 갈 수 있다는 말에 솔깃한 얼굴이었다.

나는 빨간 문신 연어의 말을 귀담아듣는 네가 못마땅했다. 누군가에게 도드라져 보이려고 한 문신이 마음에 들지 않았다. 게다가 그녀는 배지느러미에 물풀로 만든 깨알만한 고리들을 주렁주렁

매달고 있었다. 그 요란한 치장도 꼴불견이었다.

"술을 마시고 나서 느끼는 최고의 순간이 최후의 순간이 될지도 모른다는 말을 들었어. 그러니 모두들 조심해야 돼."

내 말에 너는 빨간 문신 연어를 걱정스럽게 바라보았다.

"우리의 영혼을 가볍게 만드는 술!"

빨간 문신 연어는 그렇게 외치고는 비틀거리며 사라졌다. 너는 그녀가 사라진 쪽을 오래 바라보았다. 그런 너의 모습에 나는 조바심이 났다.

술은 몸을 물에 뜨게 하는 마력을 가지고 있었다. 원래 산초나무 껍질을 빻아 만든 그 즙은, 주로 인간들이 물고기를 잡을 때 사용하는 거라고 했다. 덩치 큰 물고기들이 그 즙을 마시고 물 위에 뜨면 인간들이 손쉽게 건져올린다는 것이다. 어린 물고기들은 한 모금만 마셔도 물에 뜨게 된다.

연어에게는 연어의 길이 있다
아무도 가르쳐주지 않은 고난의 길
어머니의 강을 열면 보인다
어머니의 강으로 돌아오는 길이 보인다
바다의 가슴이여 우리를 맞이하라
북태평양 노한 파도여 끝끝내 증언하라

끝이 없는 연어의 길 빛나는 영광의 길

난데없이 강렬한 리듬의 노랫소리가 들렸다. 어린 연어들의 입에서 나오는 노래였다. 하지만 노랫소리는 가슴 깊은 곳에서 터져 나오지 못하고 입가를 맴도는 헛웃음처럼 바스락거리기만 했다. 네가 아이들에게 물었다.

"어디서 배운 노래니?"

학교에서 배운 노래는 아닌 모양이었다. 천방지축 아이들은 폭포로 올라오기 전에 또 한 무리의 어린 연어떼를 만났다고 했다. 그들은 나를 가리켰다.

"몸이 애처럼 작은 연어들이었어."

"몸은 작았지만 얼마나 날쌨는지 몰라."

"바다로 간다고 하더군."

"우리하고는 많이 달랐어."

그 연어들이 입을 모아 부르는 노래를 귀동냥으로 배웠다는 것이다.

'혹시 그 연어들이 알에서 먼저 깨어난 내 동무들이 아닐까?'

천방지축 아이들이 너와 함께 폭포 쪽으로 몰려갔기 때문에 더 이상은 물어볼 수 없었다.

"연어에게는 연어의 길이 있다…… 아무도 가르쳐주지 않은 고

154

난의 길……"

어느 틈엔가 나 역시 그 노래를 흥얼거리고 있었다.

"어머니의 강을 열면 보인다…… 어머니의 강으로 돌아오는 길이 보인다…… 바다의 가슴이여 우리를 맞이하라…… 북태평양 노한 파도여 끝끝내 증언하라…… 끝이 없는 연어의 길 빛나는 영광의 길……"

8

 알에서 깨어난 연어는 삼 개월 가까이 강에서 생활한다. 그 삼
개월이라는 시간 동안 세상에는 실로 엄청난 변화가 일어난다. 기
력이 떨어진 겨울은 봄에게 계절의 주도권을 넘기기 위해 아주 깊
고 높은 산골짜기를 찾아간다. 산골짜기 응달에 남아 있던 마지막
한줌의 고집쟁이 잔설을 만나러 가는 것이다. 그 고집쟁이를 어르
고 달래 하얀 각서 한 장을 받아낸 뒤에야 겨울은 알 수 없는 곳으
로 사라진다.

 그제야 비로소 찬란한 봄의 통치가 시작되는 것이다. 나무들은
겨우내 채워두었던 몸속 펌프의 자물쇠를 풀고 땅속 깊은 곳의 물
을 가지 끝으로 퍼올리느라 분주해진다. 뿌리는 한 방울의 물이라
도 더 빨아올리기 위해 땅속에 수없이 많은 갱도를 뚫고 수부들을

내려보낸다. 삼 개월 동안 보름달은 지상의 새싹들이 풍기는 연둣빛 냄새를 맡기 위해 콧구멍을 벌름거리며 한 달에 한 번 둥그렇게 떠오르고, 남쪽나라에서 제비가 까맣게 북상하면 그 제비와 그들이 기를 새끼의 수만큼 땅 위에는 제비꽃들이 피어난다.

물속 연어들이라고 해서 가만히 있을 수 없다. 삼 개월 동안 몸무게를 늘리고 뼈를 굳세게 단련해 거친 바다로 나갈 준비를 해야 하기 때문이다.

너는 바다가 있는 강의 하류가 아니라, 폭포 위로 거슬러올라가 새가 되고 싶은 연어였다. 그런데 이미 너는 강에서 보낼 수 있는 시간의 삼분의 일을 소비해버렸다. 이제 네겐 강에서 보내야 할 시간이 많이 남아 있지 않았다. 그것은 우리가 강을 끔찍이 사랑해야 하는 시간이기도 했다. 나는 네 마음을 돌려야 했다. 우리는 바다로 가야 했다.

강폭이 좁아지면서 여울이 나타났다. 여울 바닥에는 반질거리는 자갈들이 깔려 있었고, 여울은 우렁찬 물소리를 내고 있었다. 물소리와 함께 어떤 목소리가 귓가를 울렸다. 강물은 차가웠지만 그 목소리는 왠지 따뜻했다.

"좋은 기억을 나누다보면 하나가 될 수도 있단다."

초록강이 여울에서 말을 걸었다. 그 목소리는 낮았으나 편했고, 작았으나 힘이 있었다. 나는 초록강의 말에 귀를 기울였다.

"상류로 가고 싶어하는 마음과 바다로 가고 싶어하는 마음은 크게 다르지 않아. 그리고 너희는 우연히 만난 게 아니야. 서로 남남이 아니란 말이지. 지금 너희는 어리지만 언젠가는 함께 여행을 하게 될 거야."

나는 초록강의 말을 네게 들려주고 싶었다. 그러나 그때 너는 내 옆에 없었다.

9

강물 속 아침은 느리게 찾아온다. 햇살이 수면에 부챗살 같은 손가락을 갖다대면 깜짝 놀란 수면이 파르르 먼저 몸을 떤다. 강물이 비로소 어둠 속에서 잠을 깨는 순간이다. 잠자던 물결 역시 찰랑이면서 빛을 튕겨내고, 공중으로 튕겨올라간 햇빛은 다시 물속으로 화살처럼 내리꽂힌다. 수면을 뚫기 위해서다. 햇살이 강 밑바닥에 닿으려면 해가 뜨고 나서도 한참을 기다려야 한다.

빛과 어둠의 싸움이 끝날 때쯤 연어들은 잠에서 깨어 두런두런 하루를 준비한다. 햇살의 온도는 날마다 미세하게 상승한다. 바깥에서 활동하기 좋은 환경이 조금씩 만들어지는 것이다.

그렇지만 나는 며칠 동안 꼼짝도 하기 싫었다. 실컷 잠을 자고 나도 온몸이 쑤셔와 그 누구도 만나고 싶지 않았다. 아무것도 먹을 수 없었지만 배가 고프지도 않았다. 이상한 일이었다. 나는 너럭바위 아래서 혼자 끙끙 앓고 있었다.

'나는 너무 많은 걸 나 혼자 가지고 있어.'

이런 생각을 하다보면 갑자기 온몸으로 외로움이 밀려왔다. 외로움은 뼛속까지 나를 먹먹하게 만들었다.

'나는 이 세상에서 가진 게 하나도 없어.'

이렇게 생각을 바꾸면 또 견딜 수 없이 슬픈 감정이 가슴 밑바닥에서부터 복받쳐왔다. 그 복받치는 감정의 원천이 네게서 비롯된다는 것을 안 것은 한참 뒤의 일이었다. 그때는 그 감정의 끝 역시 네게로 닿아야만 사그라질 것이라는 사실을 나는 어렴풋이 느끼고 있었다.

네가 내 옆에 없었기 때문에 나는 아팠다. 네가 보고 싶었다. 네가 보고 싶어서 바람이 불었다. 네가 보고 싶어서 물결이 쳤다. 네가 보고 싶어서 물속의 햇살은 차랑차랑하였다. 네가 보고 싶어서 나는 살아가고 있었고, 네가 보고 싶어서 나는 살아갈 것이었다.

누군가가 보고 싶어 아파본 적이 있는 이는 알 것이다. 보고 싶은 대상이 옆에 없을 때에 비로소 낯선 세계 속으로 한 걸음 더 다가가고 싶은 호기심과 의지가 생긴다는 것을. 그렇게 나는 네게 가고 싶었다.

나는 어둠을 박차고 뛰쳐나갔다. 더이상 너럭바위 아래에 깔린 어둠 속에 숨어 있을 수만은 없었다. 네가 와주었으면, 하고 바라던 일은 나를 한없이 나약하게 만들었다. 무작정 기다리기만 하는 건, 마음이 썩게 내버려두는 일이나 다름없었다. 너를 찾아나서야겠다고 마음을 먹자, 순식간에 세상이 바뀌었다. 구름은 스스로 커튼을 열어젖혔고, 물속으로 비치는 햇빛은 달콤한 노랫소리를 들려주었다. 물소리는 한결 명랑해져서 조잘거리며 흘러갔다. 물풀들은 네가 있는 곳으로 나를 인도해주기 위해 이리저리 물결 따라 흔들렸다. 불쑥불쑥 나타나는, 입이 뭉툭한 모래무지와 수염이 긴 메기도 두렵지 않았다. 그들에게도 내가 먼저 안녕, 하고 인사를 하고 싶어졌다. 나는 또 평소에 좋아하던 맛있는 물벌레들을 함부로 먹지 않고 아껴가며 조금씩 먹었다.

너를 만나면, 우리가 언젠가 같이 여행을 하게 될 거라는 초록 강의 말을 가장 먼저 전해주고 싶었다. 그리고, 좋은 기억을 나누다보면 하나가 될 수 있다는 말도 전해줄 것이었다. 이런 말들을 어떻게 전해줘야 네가 감동을 받을지 나는 곰곰이 생각했다. 가능하면 단둘이 있는 시간에, 물살이 세지 않은 한적한 장소에서, 네가 이 세상에서 가장 마음이 편한 때를 골라 말해줄 작정이었다.

모호하고 추상적인 것들이 아주 구체적인 그림들로 떠오르기 시작했다. 나는 너를 강 가운데 있는 섬으로 데려갈 생각이었다. 섬의 둘레에는 꽃창포가 자라고 있었다. 꽃창포 뿌리가 퍼뜨리는 신비로운 향기를 네가 맡을 수 있을 거라 생각하자 가슴이 뛰었다. 나는 달이 뜨고 나서 한 시간쯤 지난 때가 좋았다. 나는 달을 등지고 너는 달을 마주한 채, 우리 둘이 마주보고 있다면 좋겠다. 네 입술 모양 같은 초승달이 뜨는 시간을 택해야겠다. 적어도 나는 너를 애매하게 기다리게 하지는 않을 것이다. 모든 준비는 끝났다.

나는 폭포 쪽으로 방향을 잡았다. 그리고 꼬리지느러미를 힘껏 흔들었다. 예상은 빗나가지 않았다. 너는 멀지 않은 곳에서 먹이를 먹는 데 열중하고 있었다.

"안녕?"

나는 명랑하게 말했다.

"오랜만이네?"

유감스럽게도 이 말은 네 입에서 나온 말이 아니었다. 꼬리에 빨간 문신을 한 암컷이었다. 그녀는 입을 씰룩거리며 네 옆에 바짝 붙어 있었다. 갑자기 머리가 멍해졌다. 매캐한 연기가 가리기라도 하듯 눈앞이 흐려졌다. 너를 만나지 못하는 동안, 내 머릿속 너는 나와 함께 헤엄을 치는 연어였다. 나와 함께 단둘이 바다를 향해 가는 연어였다. 그런 네가 다른 동무와, 그것도 내가 별로 좋아하지 않는 동무와, 헤엄을 치고 먹이를 찾아다니고 물장난을 치고 놀았을 것을 생각하니 눈앞이 하얘졌다. 다만 다행인 것은 그때까지 네가 나를 알아보지 못했다는 것이었다.

너는 나를 발견하자마자 허둥대며 엉뚱한 곳을 쳐다봤다. 뭔가 잘못을 하다 들킨 것 같기도 하고 반갑다는 표정 같기도 한데, 잘 구분이 되지 않았다. 빨간 문신 연어는 내가 왔든 말든 너랑만 눈을 맞추려고 애를 썼다. 그녀는 주둥이를 연신 네 입술에다 갖다대려 했고, 그때마다 너는 찡그리며 고개를 돌렸다. 너는 내가 있는 쪽을 연신 힐끔거리며 곤혹스러운 표정을 지었다. 그렇다. 빨간 문신 연어는 분명 너하고 다투는 게 틀림없었다. 아, 내 마음속 연어가 환호성을 질렀다.

'그래, 계속 싸워. 더 사납게 상대방을 자극해봐. 둘 사이가 점점 멀어지도록 말이야.'

그때 빨간 문신 연어가 파르르 화를 냈다. 그녀의 눈가가 떨리고 있었다. 빨간 문신 연어는 입술을 일그러뜨리더니 뒤도 안 돌아보고 폭포 쪽으로 헤엄쳐갔다. 네 눈길이 그녀가 사라진 쪽을 향하고 있었다. 내 마음속 연어가 또다시 소리쳤다.

'왜 그쪽만 자꾸 바라보고 있는 거지? 무슨 미련이 있는 거야? 끝, 이라고 큰 소리로 말하지 그랬어. 너는 내 마음을 몰라도 너무 몰라.'

내 마음속 연어의 말을 들기라도 한 건지 네가 내게로 헤엄쳐오고 있었다. 내 생각대로 일이 술술 잘 풀려가고 있었다. 순간 그녀가 다시는 우리 앞에 나타나지 않았으면 좋겠다고 생각했지만, 이

내 마음을 바꾸었다. 그녀도 간절하게 보고 싶은 그 누군가를 만나면 좋겠다고. 네가 아닌 다른 연어를 말이다.

너는 한결 편안한 얼굴로 말했다.

"그동안 어딜 갔었니?"

"응?"

나는 곧바로 대답하지 못했다. 너를 보고 싶었다는 말도 입밖으로 꺼내지 못했다. 좋은 기억을 나누다보면 하나가 될 수 있다는 초록강의 말도 전하지 못했다. 향기로운 꽃창포가 자라는 섬을 알고 있다는 말도 할 필요가 없었다. 진정으로 아름다운 시간을 통과하고 있을 때는 말이 필요 없는 것.

어색한 시간이 흘렀다.

네가 먼저 입을 열었다.

"사실 너를 만나면 말하고 싶은 게 많았어."

"그게 뭔데?"

"학교를 뛰쳐나온 후에 직접 보고 만난 것들 말이야. 네가 잘 모를 것 같아서……"

그것은 내가 참으로 바라던 것이었다. 나는 한 달이나 앞서 떠난 친구들을 만나야 했고, 무엇보다 바다가 과연 어떤 곳인지 알고 싶었으니까. 마음이 조급해졌다. 하지만 내 마음속 또다른 연어가 충고했다.

164

'서두르지 마. 너무 서두르다가는 일을 그르칠 수 있어. 최대한 말을 아끼고 귀를 열어둬.'

그래서 나는 조금 도도한 목소리로 말했다.

"그래, 들어줄게. 말해봐."

10

    학교를 빠져나온 너는 무엇보다 강물 위를 날아다니는 새가 보고 싶었다. 너는 서슴없이 수면 위로 고개를 내밀었다. 바로 그때 물 위를 스치며 이상한 생명체가 다가왔다. 그 물체는 네 주둥이 위에 앉으려는 듯 가느다란 발을 그러모으고 있었다. 착지 자세였다.

    "깜짝이야!"

    너는 부리나케 물속으로 몸을 숨겼다. 잠시 뒤에 다시 고개를 내밀고 바깥을 살폈을 때에도 그것은 물에 닿을 듯 말 듯 낮게 날아다니고 있었다.

    "혹시 너 제비 아니니?"

    "무서워. 왜 나한테 그렇게 말하니?"

    그것은 울상을 지으며 날개를 바르르 떨었다. 제비라는 말에도

166

겁을 내는 것으로 봐서 그것은 제비를 피해다니거나 제비하고 사이가 좋지 않은 모양이었다. 갈대밭 쪽으로 날아가려고 하는 그것을 다시 불렀다.

"잠깐만! 미안해."

너는 진땀을 흘리며 진심으로 사과했다.

"제비는 때로 물 위를 스치며 날기도 한다고 배웠거든. 게다가 너는 양쪽에 아름다운 날개를 달고 있잖아. 머리부터 꼬리까지 윤기 나는 검은 코트를 입고 있는 건 아니지만…… 새가 아니라면 넌 누구지?"

"응, 나는 나비야."

"나비?"

"그래, 노랑나비라고 부르지."

너는 나비목의 노랑나비를 모르고 있었다. 노랑나비는, 우리나라에서는 3월부터 10월까지 살며 일본, 중국, 연해주를 비롯해 저 멀리 히말라야, 시베리아, 유럽에도 살고 있는 곤충이었다. 주로 마을 주변 양지 바른 풀밭에 살면서 꽃을 좋아해 자운영, 토끼풀 등의 꽃에서 꿀을 빠는 노랑나비에 대해 너는 아무것도 모르고 있었다.

노랑나비는 날개를 부채처럼 흔들어 보였다. 날개가 펄럭일 때마다 노란 햇볕의 가루가 부서져내렸다. 눈이 부셨다. 제비가 아니어서 실망스러웠지만 너는 나비의 날개에서 눈을 뗄 수 없었다.

"날개는 화려한데 얼굴은 아주 조그맣구나."

"우리는…… 얼굴을 큼지막하게 내놓고 다니는 걸 싫어하거든."

나비는 겸손한 곤충이었다. 나비는 물가의 자운영으로 날아가 줄기 끝에 날개를 접고 앉았다.

"아직 꽃이 덜 피었네."

나비는 가느다랗게 한숨을 쉬었다. 그러고는 긴 더듬이로 채 열리지 않은 꽃을 어루만졌다.

"꽃이 피면 어떻게 하려고?"

"꽃과 꽃 사이의 거리를 재는 게 나비가 할 일이야."

꽃과 꽃 사이의 거리를 재서 어떻게 할 거냐고 너는 또 묻고 싶었지만 참았다. 겸손한 상대에게는 예의를 갖출 필요가 있었다.

"아직 꽃이 많이 피지 않아서 외로워. 들판의 꽃들도 외로울 거야. 나비들이 찾아가 입을 맞추면 꽃은 좋아서 몸을 흔들거든. 이것 봐, 지금은 가만히 있잖아."

나비는 풀밭의 민들레꽃을 가리키며 말했다. 너는 나비가 연약한 곤충이라고 생각했다.

"들판이나 꽃밭에서 살면 하늘 높이 오를 수는 없겠구나?"

너의 말이 나비의 자존심을 건드렸다.

"우리는 너무 높이 날아오르지는 않아. 꽃이 우리를 계속 지켜

볼 수 있어야 하니까."

나비는 몸을 붕 띄우더니 꽃이 바라볼 수 있는 거리까지 날아갔다가 정확하게 그 자리로 다시 돌아왔다.

"꽃과 나비는 서로 연결되어 있어. 이렇게 작아 보여도 내 몸속에는 엄청나게 큰 실타래가 들어 있어. 내 몸에 감긴 실을 풀다보면 꽃이 있는 곳까지 가게 돼. 실을 풀면서 꽃과 꽃의 거리를 재고 꿀을 빠는 거야."

너는 꽃과 나비가 연결되어 있다는 말에 거짓이 섞여 있다고 생각했다. 과장이거나 허풍일지도 몰랐다. 눈에 보이지 않는 것으로 서로 연결되어 있다니! 너는 짓궂은 질문을 하나 던졌다.

"그러면 꽃이 질 때 나비는 어떻게 하니?"

나비는 기다렸다는 듯 대답했다.

"꽃이 진다는 소식이 들리면 우리는 풀어놓았던 실을 감기 시작해. 이 꽃에서 저 꽃으로 이어진 실을 제각기 감는 거지."

"그래서?"

"내가 풀어놓았던 실을 감아야만 나중에 알을 낳을 수 있게 되거든. 내가 낳은 알은 내 몸속에 서리서리 감아둔 실이 있었다는 것을 기억하고 그 실로 고치를 만들지."

너는 알, 고치와 같은 알쏭달쏭한 말을 쉽게 알아들을 수는 없었다. 하지만 너는 이 세상은 신비한 곳이 틀림없다고 생각했다.

너는 나비에게 알을 낳은 뒤에는 어디로 가느냐고 물었다.

"하늘로 가지."

"그래서?"

"겨울이 되면 눈송이가 되어 내가 낳아놓은 알을 찾아 땅으로 내려온단다. 사람들이 눈송이가 펄펄 날리는 걸 보고, 나비가 하늘에서 춤을 추며 내려온다, 고 말하는 것도 그 때문이지. 나는 알에게 이불이 되어주려고 내려오는 거야."

나비가 알을 낳고 겨울에 하늘로 가서 눈이 되어 내린다는 이야기는 매우 아름답고 흥미로웠다. 하지만 어딘가 모르게 꾸며낸 이야기라는 생각이 들었다. 생을 우아하게 마무리하고 싶은 것은 나비가 누리고 싶어하는 사치인지도 몰랐다. 아닌 게 아니라 네 머릿속에는 날개를 단 제비들로만 가득 차 있었다.

"제비는 어디 있니?"

나비가 입을 삐쭉거렸다.

"상류 쪽으로 가봐. 제비는 사람들이 모여 사는 곳에 둥지를 만든다는 말을 들은 적이 있어."

너는 상류를 향해 꼬리를 저었다.

11

어느 날 아침이었다. 맛있는 먹이를 찾아 물가로 헤엄쳐가다가 너는 물속에 꽂혀 있는 네 개의 막대기를 만났다. 막대기들은 누런 털로 덮여 있었다. 가는 털들은 물살의 방향에 따라 이리저리 흽 쏠리고 있었는데, 막대기의 아래쪽에는 까무스름하고 반지르르한 빛깔의 굽이 두 갈래로 퍼져 진흙 속에 박혀 있었다.

그것은 고라니의 다리였다. 어린 고라니는 물을 먹고 있었다. 그는 긴 혓바닥으로 물을 감듯이 말아올려 연거푸 입속으로 가져 갔다. 그러다가 물속의 너를 물끄러미 내려다보았다. 너는 고라니 가 왜 혼자 물을 먹고 있는지 궁금했다.

"너도 나처럼 학교에서 쫓겨났구나?"

"학교?"

고라니의 까만 두 눈이 휘둥그레졌다.

"학교가 뭐지?"

고라니는 학교에 대해 잘 모르는 것 같았다. 너는 설명을 해주었다.

"혼자서 가르치는 선생님이 있고, 바글바글 모여 배우는 학생들이 있는 곳 말이야."

고라니는 한참을 생각하더니,

"풀이 그럼 학생이야, 선생님이야?"

하고 엉뚱하게 물었다. 그러고는 혼잣말로 덧붙였다.

"풀들은 바글바글 모여 있으니 학생이고, 나는 혼자 그 풀을 뜯어먹으니까 내가 선생님이구나?"

네가 학교에서 배운 논리라든가 존재와 존재의 관계라든가 하는 것은 고라니한테는 영 통하지 않는 것 같았다. 고라니는 배고플 때 뜯어먹는 풀에게서도 배울 게 있다고 말했다.

"풀들이 나를 가르칠 때가 많아. 내가 좋아하는 억새, 옥수숫잎, 고구마순, 사탕무 같은 풀들은 가까이 다가가면 어서 뜯어먹으라고 향기로 신호를 보내거든. 하지만 먹으면 안 되는 풀들도 있어. 미치광이풀, 투구꽃, 박새풀 같은 풀들은 다가서면 손사래부터 친단다. 가까이 오지 말라고 말이야. 만약에 그걸 못 알아듣고 그 독한 풀을 입에 댔다가는 온몸에 열이 나서 아무것도 먹지 못하고 끙

끙 앓아야 해."

"그런 건 다 누구한테서 배웠니?"

"아유, 우리는 선생님이 학생한테 배운다니까."

고라니는 그렇게 말하고는 껑충껑충 뛰어가다 한번 뒤를 돌아보더니 숲속으로 사라졌다.

너는 혼자 중얼거렸다.

"학생하고 선생님의 자리가 바뀐 학교도 다 있구나."

12

너는 개구리를 만났다. 두 눈이 튀어나온 게 우스꽝스러웠다.
이런 생각이 들었다.

'너도 나처럼 궁금한 게 많은가보구나.'

개구리는 자주 눈을 끔벅거렸다. 그때마다 눈꺼풀 위쪽에서 투
명한 막이 눈알을 덮었다가 다시 위로 올라갔다. 개구리가 알에서
깨어났을 땐 올챙이라고 하는데, 아가미로 수중호흡을 하면서 물
에서 살고, 성장해서 네 다리가 나오기 시작하면 허파로 공기호흡
을 하면서 땅 위에서 산다. 수중과 육상 두 곳을 오가면서 산다고
해서 양서류라고 한다는 것도 학교에서 배운 기억이 났다.

네가 말했다.

"너는 좋겠다. 나는 물속에서만 살아 갑갑한데, 너는 물과 땅을

왔다갔다할 수 있잖아."

개구리가 대답했다.

"2억 5천만 년 전에는 우리 조상들도 물고기였대."

"아, 그래?"

너는 개구리 곁으로 바짝 다가갔다.

"꼬리로만 헤엄치는 게 지겹다보니 육지를 그리워하게 된 거지."

개구리는 긴 뒷다리 하나를 번쩍 들어 보였다. 으스대고 있다는 뜻이었다.

"그리워하면 변할 수 있는 거야?"

"간절하게 그리워하면 가능한 일이지."

개구리를 만나면서 너는 확신하게 되었다.

'나도 지느러미 대신 날개를 달 수 있겠구나! 원래의 나를 없애고 전혀 다른 나로 바꾸는 일이 얼마든지 가능하겠구나!'

너는 개구리가 한 말을 되씹었다.

'간절하게 그리워하면 변할 수도 있다.'

개구리는 개굴개굴, 노랫소리인지 울음소리인지 모를 소리를 내지르다가 불현듯 물 바깥으로 뛰쳐나갔다. 누군가 가까이 헤엄쳐오는 기척이 느껴졌다.

13

물속의 표범이라고 불리는 수달이었다. 수달이 다가오자 개구리는 뭍으로 뛰어오른 것이었다. 수달은 너를 본 체 만 체했다. 그는 커다란 너럭바위 위로 기어올라서는 몸을 흔들어 물기를 털어냈다. 수달 역시 개구리처럼 물과 육지를 자유롭게 오가며 사는 짐승이었다. 물고기 사냥이 특기인 수달은, 네가 다가가자 헛기침을 해댔다.

"으흠, 으흠."

그것은 너를 위협하는 소리가 아니라 경계하지 않아도 좋다는 신호였다.

"우리는 작은 물고기를 해치지 않아."

마음이 놓인 너는 수달 가까이 헤엄쳐갔다.

수달은 약 3천만 년 전에 땅에서만 살던 동물이었다. 수달의 가죽을 얻으려고 사람들은 수달을 닥치는 대로 사냥했다. 수달은 사람과 육지로부터 벗어나고 싶었다. 그래서 낮이든 밤이든 물속을 들여다보며 그리워했다. 시간이 흘렀다. 물속 생활을 하기 좋도록 수달의 다리는 점점 짧아졌고, 앞발과 뒷발에 물갈퀴가 생겨났으며, 몸뚱이도 길쭉해졌다.

수달은 바위에서 물속으로 뛰어들었다. 이상하게도 첨벙, 하는 물소리가 전혀 들리지 않았다.

"어떻게 그게 가능하죠?"

"수면과의 마찰을 최대한 줄이는 것, 첨벙대는 소리를 내지 않는 것, 쓸데없이 물방울을 튀지 않게 하는 것이 수달만의 수영법이란다."

"왜 그렇게 조심스럽게 헤엄을 쳐요?"

"우리가 사는 세상을 사랑해야지. 우리는 물을 사랑해. 그래서 물로 뛰어들지 않고 스며들어."

"스며든다……"

너는 수달의 말을 되뇌었다.

"스며드는 것은 소리가 나지 않아. 귀를 기울일 필요도 없지. 침묵으로 말하는 거야. 아무 말도 하지 않으면서 너한테 수없이 많은 말을 하는 거지. 우리가 강물에 스며드는 것처럼, 물이 우리 몸속으로 스며드는 것처럼."

끝으로 수달은 한마디 주의를 주는 것을 잊지 않았다.

"너는 아직 어리니까 밤에 함부로 나다니지 마라."

마치 선생님 같았다. 달빛이 은빛으로 부서지고 있었다. 수달은 하얀 발톱으로 달빛을 반사해 물속을 비춰주었다.

14

강을 거슬러 얼마나 올라왔는지 모른다. 너는 물 위에 누워 있는 키가 훤칠한 나무 하나를 발견했다. 발끝부터 머리끝까지 껍질이 눈부시게 흰 나무였다.

'눈송이들을 덮어쓰고 있나?'

나무의 속살도 나이테도 온통 성스러운 하얀 빛깔로 채워져 있을 것 같았다.

"저, 당신은 누구세요?"

나무의 흰빛 앞에서 그만 존댓말이 튀어나왔다.

"나는 자작나무란다."

자작나무의 입에서 안개가 피어올랐다.

"그런데 왜 물 위에 누워 있는 거죠?"

자작나무가 빙긋이 웃었다.

"얘야, 나는 누워 있는 게 아니야."

"그럼요?"

"내 그림자를 물 위에 내려놓고 있는 중이란다."

"그림자라고요?"

"그래, 내 발끝을 따라 시선을 옮겨보렴."

너는 자작나무가 시키는 대로 그의 발끝을 찾아보았다. 정말로 자작나무는 눈부신 자태로 물가에 서 있었다. 네가 앞서 만난 것은 수면 위에 드리워진 자작나무의 그림자였다.

"그림자가 뭐예요?"

"나무의 그림자는 나무의 뒷모습이란다. 오래 서 있으면 무겁고 힘드니까 또다른 나를 바닥에 잠시 내려놓는 거지."

자작나무는 계속해서 말했다.

"너도 혼자가 아니야. 그림자 없는 널 생각할 수 있겠니?"

"저도 그림자가 있나요?"

"있고말고. 햇빛이 맑은 날, 너도 네 그림자를 만날 수 있을 거야."

"그럼 햇빛이 없는 밤에는요?"

"밤에는 잠을 자야 하니까 그림자가 없는 거야. 그림자도 너처럼 잠을 자는 거지."

15

물속에 사는 것들은 모두 보이지 않는 끈으로 연결이 되어 있단다. 그렇지 않다면 이쪽 마음이 저쪽 마음으로 어떻게 옮겨갈 수 있겠니? 그렇지 않다면 누군가를 어떻게 사랑하고 또 미워할 수 있겠니?

저 동무가 내게 관심이 있구나, 하고 어느 순간에 알아챌 때가 있잖아. 굳이 말을 하지 않아도 말이야. 그건 그 동무와 너 사이에 연결된 끈이 따뜻해졌다는 뜻이야. 만약에 네가 누군가를 미워하면 그 동무하고 너 사이에 연결된 끈이 차가워졌다는 증거지.

너는 매일매일 폭포를 올려다보는 일로 하루를 다 보냈지. 폭포는 벽이었고, 벽이었기 때문에 뛰어넘고 싶었지만 너는 좌절의 쓴 물만 맛보고 돌아섰지. 나는 너의 좌절을 소중하게 생각했어. 너의 침울한 시간과 쓸쓸한 후회와 끝없는 절망을 소중하게 생각했어.

사실 나하고 너하고는 다른 게 많아. 나는 하류로 가고자 했으나 너는 폭포 위로 가고 싶어했어. 나는 물속의 지느러미가 강해지기를 바랐지만 너는 물밖 허공을 나는 날개가 필요하다 했어. 나는 안을 좋아했지만 너는 밖을 좋아했고. 이렇게 다른 게 많지만, 우리는 따로 있는 게 아니야.

'물속에 사는 것들은 모두 보이지 않는 끈으로 연결이 되어 있단다. 그렇지 않다면 이쪽 마음이 저쪽 마음으로 어떻게 옮겨갈 수 있겠니? 그렇지 않다면 누군가를 어떻게 사랑하고 또 미워할 수 있겠니?'

이 말을 누구한테 들었는지 아니? 바로 초록강이야. 초록강으로부터 이 말을 듣고 나서 나는 너도 초록강하고 어서 이야기를 나누길 바랐어. 그러다가 하루는 너와 초록강이 주고받는 말을 엿듣게 되었지.

"연어들이 먹이를 찾을 때 왜 머리를 상류 쪽으로 두는지 아니?"

초록강이 이렇게 물었을 때 너는 대답했어.

"폭포가 강 위쪽에 있기 때문이죠."

초록강이 빙긋이 웃으며 너를 감싸안았어.

"어린 연어들이 가야 할 곳은 폭포가 아니야."

182

"그럼요?"

너는 눈을 크게 뜨며 되물었어.

"바다가 너희를 기다리고 있단다."

"아, 또 그 하나 마나 한 말을 하시는군요."

너는 초록강의 말을 듣지 않으려고 방향을 틀었어.

"내 말을 조금만 더 들어보렴. 바다로 가려면 당연히 머리를 하류 쪽으로 둬야지. 그래야 훨씬 빠르게 바다에 닿을 수 있으니까. 하지만 어린 연어들은 알에서 깨어나 강에서 생활할 때 절대 하류 쪽으로 머리를 두지 않는단다. 그래서 모두들 상류를 향해 가는 것처럼 보이지."

너는 초록강의 목소리에 차분하게 귀를 맡겼어.

"신기하지? 그 이유를 알겠니? 그건 너희들이 이 강을 잊지 않기 위해서야. 먼 훗날 이 강으로 돌아올 때 연어들은 강을 거슬러 올라야 하고, 그때 힘차게 거슬러오르는 연어가 되기 위해 어린 시절부터 연습을 하는 거지. 강물의 속도와 방향, 물살의 세기, 물의 냄새, 여울의 위치와 깊이…… 이 모든 것들을 기억해서 몸속에 쌓아두는 거야. 그래서 어릴 때부터 머리를 상류 쪽으로 향하고 이끼를 뜯고 물벌레들을 잡는 거야."

초록강은 안쓰러운 표정으로 너를 껴안았어.

"연어들은 기억의 힘으로 살아간단다. 다시 여기로 돌아오기 위해 언젠가는 떠나야 하는 거고…… 네가 어머니에 대한 기억을 놓쳐버려 내 마음이 아프구나."

네가 초록강에게 물었어.

"내겐 왜 어머니에 대한 기억이 없는 거죠?"

초록강이 말했어.

"강을 타고 회귀하는 연어의 수가 급격히 줄어들면서 인간들은 연어를 보호해야겠다고 생각했어. 그래서 강에서 연어를 잡는 것을 금지시키고 하구에 연어 사육장을 만들었지. 상류로 더 올라가기 전에 인공수정을 시켜 연어를 키우기 시작한 거야. 너는 사람들의 손에 의해 수정된 연어이기 때문에…… 어머니를 기억하지 못하는 거지."

"아, 그럼 나한테도 어머니가 있었군요."

"그럼, 있고말고. 다만 네 어머니가 누구인지 모를 뿐이지. 네게 더 자세하게 말해주지 못해 안타깝구나."

다시 내 머릿속에 어머니의 마지막 모습이 그려졌어. 알을 낳은 뒤에 어머니는 마지막 숨을 놓을 때까지 곁을 지키다가 너덜거리는 몸으로 하얗게 물 위에 떠올랐지. 그러고는 물결에 실려 하류로 사라졌어. 어머니는 그렇게 나를 떠나갔어.

"네 동무는 어머니와 아버지를 잊지 않고 있을 거야. 그들은 서로 보이지 않는 끈으로 연결되어 있으니까. 몸을 꽁꽁 묶어 옴짝달

싹하지 못하게 하는 끈이 아니라 어린 연어가 진짜 연어의 길을 가
도록 도와주는 끈이지."

너는 하류의 '물고기연구소'의 비밀을 하나씩 알게 되었어. 네
가 그토록 지긋지긋하게 여기는 학교는 인공수정된 연어들의 사
육장이었고, 거기에서 자란 연어들의 몸집이 큰 이유는 사람들이
준 영양가 높은 먹이만 먹고 자랐기 때문이었어. 그에 비해 자연수
정된 연어들은 몸집이 작지만 동작이 날쌔고, 어머니에 대한 기억
을 온전하게 간직하고 있다는 것도 알았지.

네가 기억의 단절에 대해서 마음 아파하는 걸 알았는지 초록강
은 잔물결로 네 몸을 어루만져주었어.

"자, 이제 학교로 돌아가지 않아도 좋으니 어서 바다로 가렴."

네가 머뭇거리자 초록강이 말했어.

"바다로 가면 너는 새보다 더 먼 곳까지 갈 수도 있단다."

그 말에 네 눈이 휘둥그레졌어.

"정말 새보다 멀리까지 갈 수가 있는 건가요?"

"그게 연어의 삶이란다. 바다는 하늘만큼 푸르고, 깊고, 멀단다.
그리고 바다는 폭포처럼 높고 거칠어서 네가 원대한 꿈을 꾸기 좋
은 곳이란다."

너는 요동치는 가슴을 가눌 수 없어, 강 밑바닥까지 쏜살같이
내려갔다가 올라왔지.

"시간이 많지 않단다."

초록강의 말을 듣고 나서 네가 물었어.

"시간이란 눈에 보이지 않는 건데, 어떻게 아시죠?"

초록강이 친절하게 대답했어.

"가만히 들여다보면 시간도 눈에 보이게 된단다."

주위를 가리키며 초록강은 말을 이었어.

"저기 좀 봐. 돌멩이의 색깔과 모양은 시간의 색깔과 모양이고, 풀잎의 크기와 길이도 시간의 크기와 길이란다. 물결의 무늬는 시간의 무늬이며, 물이 흘러가며 내는 소리는 시간이 흘러가며 내는 소리야. 시간이 눈에 보이지 않는다고 생각하는 이들이야말로 시간을 함부로 써버리지. 시간을 낭비하면 일찍 외로워지는 것도 모르고 말이다."

초록강은 철학자처럼 말했지.

나는 초록강과 너의 말을 엿듣고만 있을 수 없었어.

"우리의 몸집이 나날이 성장하는 것은 시간이 성장한다는 뜻인가요? 이끼가 푸른 것은 이끼의 시간이 푸르다는 말이고, 해가 둥근 것은 해의 시간이 둥글다는 말이지요?"

내가 끼어들자 너는 깜짝 놀라며 뒤로 물러났어.

초록강은 내가 나타날 줄 알았다는 듯이 웃음을 지었어.

"눈맑은연어의 딸이구나!"

초록강은 이어 말했지.

"어서 떠나렴. 너희는 강물을 따라 하류로 이동하는 게 아니란다. 그렇다면 마른 나뭇잎이나 다를 게 없지. 너희는 너희 스스로의 의지에 따라 바다로 가는 거야."

기적 같은 일이 일어나고 있었어. 네가 너와 나의 몸을 연결하고 있는 끈을 보기 시작한 거야. 나는 네게로 연결된 끈이 어서 따뜻해지기를 바라고 있었지.

우리는 그다음 날 하류를 향해 떠났어.

떠나는 날 아침, 네가 말했지.

"물속에 사는 것들은 모두 보이지 않는 끈으로 연결이 되어 있단다. 그렇지 않다면 이쪽 마음이 저쪽 마음으로 어떻게 옮겨갈 수 있겠니? 그렇지 않다면 누군가를 어떻게 사랑하고 또 미워할 수 있겠니?"

16

초록강은 바다로 향하는 우리에게 몇 가지 주의해야 할 것들을 귀띔해주었다.

"여기서부터 바다까지의 거리는 팔 킬로미터쯤 된단다. 빠르게 헤엄치면 닷새 안에 도착할 거리지. 그렇다고 단숨에 바다로 헤엄쳐가면 안 돼. 낮에는 먹이를 먹거나 잠을 자야 해. 연어떼를 노리는 포식자들을 피해 밤에 조금씩 이동을 해야 하니까. 너희들 무리가 적어도 5,000마리가 될 때까지는 가능하면 강에 오래 머물러야 한단다. 모두들 알겠지?"

"우리가 왜 여기에 오래 머물러야 하는 거죠?"

네가 물었다.

"오래도록 잊지 않기 위해서야. 그러니까 이 강에 오래 머물러야만 강의 물빛과 물결을 잊지 않게 되고, 잊지 않아야 그 물빛과 물결이 너희 몸에 제대로 새겨지는 거야."

초록강은 우리를 꼭 껴안았다. 그 품이 무척이나 아늑해 우리는 몸을 바들바들 떨었다. 그때마다 우리의 몸을 두른 비늘이 물속으로 들어오는 햇빛을 받아 반짝, 하고 빛났다.

그때 나는 또 보았다. 네 몸에 어느새 초록강의 물결무늬가 새겨져 일렁이고 있는 것을. 그 물결은 너의 태생지가 초록강이라는 것을 증명하고 있었다. 내 몸에 새겨진 물결무늬를 보고 네가 말했다.

"오래 머물다보면 서로 닮게 되나봐."

바다를 향해 가는 우리의 항해는 순조로웠고, 물살은 잔잔하고 평온했다. 학교를 뛰쳐나와 방황하던 동무들이 네 뒤를 따랐고, 나는 알에서 먼저 깨어나 하류로 떠났던 친구들을 만났다.

우리는 우리의 차이를 서서히 잃어버렸다. 몸 길이는 비슷해졌고, 날쌔거나 둔했던 행동의 차이도 없어져버렸다. 그것은 우리가 원하는 것이기도 했다. 우리는 함께 바다로 가는 연어들이었으니까.

연어 무리는 며칠 사이에 1,259마리로 불어나 있었다.

17

연어 무리가 1,259마리로 늘어났다고 하면 믿지 않는 이가 있을지도 모르겠다. 연어가 어떻게 숫자를 정확하게 파악할 수 있느냐고 인간들은 비아냥댈 수도 있겠다. 역시 인간들이 제일 골칫거리다.

인간들은 걸핏하면 제 자랑들뿐이다. 생태계의 먹이사슬 맨 꼭대기에 있다고 위세를 부리는가 하면, 직립보행을 하고 도구를 만들어 농사를 짓고 노동을 하는 것을 자랑으로 여긴다. 시계와 달력을 만들어 치밀한 계획을 세워 모든 일을 실행한다고 떠벌린다. 그리고 지구상에 육천 개가 넘는 언어로 역사를 기록하고 예술을 탄생시켰다고, 그래서 인간이 만물의 영장이라고 으스댄다.

참으로 가소로운 일이다. 인간한테 아프리카 초원에서 사자와 일대일로 맞서게 해보자. 미루나무 꼭대기에 까치집을 지으라고 해보자. 인간한테 연어의 지느러미를 달아주고 북태평양까지 헤엄쳐갔다가 오 년 뒤에 초록강으로 돌아오게 해보자. 인간의 언어로 인간이 만물의 영장이라고 말하는 것 자체가 자신의 한계라는 것을 그들은 모르고 있다. 무기, 전쟁, 살육, 공포, 폭력, 강도질, 추행, 야만, 혐오, 파멸, 오염…… 이런 추잡한 언어는 인간들만 만들어 사용하는 언어이다.

그렇다고 연어가 이 세상에서 가장 완벽한 존재라고 말하려는 것은 아니다. 이 세상에 완벽한 것은 없다. 모든 것들엔 한계가 있다. 세상은 불완전한 것 천지다. 그 불완전을 넘어서기 위해 모든 것은 존재한다. 존재한다는 것은 한계를 넘어서기 위해 움직인다는 뜻이다. 또한 눈에 보이는 것만 존재한다고 할 수도 없다. 눈에 보이지 않는 것도 반드시 존재한다. 눈에 보이지 않는 것, 그것 때문에 살아간다는 것을 인간들은 모른다.

어쨌든 1,259마리의 연어들이 모일 때까지는 비교적 여행이 평탄했다. 아무도 우리를 간섭하지 않았고, 우리를 해치지 않았다.

그러다가 동굴을 만난 것은 우리의 숫자가 3,722마리가 되었을 때였다. 5,000마리가 되는 것은 이제 시간 문제였다. 연어떼 3,722마리는 커다란 동굴 앞에서 잠시 멈춰 섰다. 동굴이 아가리를 크게 벌리고 있었다.

"참 쉬기 좋은 곳이구나."

먼 길을 헤엄쳐오느라 지친 연어 한 마리가 재빨리 동굴 속으로 들어갔다. 그러고는 한참이 지나도 밖으로 나오지 않았다. 누군가 동굴 속을 향해 소리를 질렀다.

"뭐하고 있니?"

"……"

하지만 그는 아무런 대답이 없었다.

그 순간, 우리 앞에 있는 동굴이 하나가 아니라는 것을 깨달았다. 처음에 발견한 동굴 주위에 또다른 동굴들이 커다랗게 입을 벌리고 있었던 것이다. 동굴에서 새어나오는 서늘한 정적이 우리를 감싸고 있었다.

"피해라!"

대열 앞쪽에 있던 네가 소리쳤다.

우리를 기다리고 있는 것은 동굴이 아니었다.

"흩어져야 해!"

우리를 기다리고 있던 검은 동굴들은 숭어들의 입이었다. 입을 한껏 벌리고 미동도 없이 연어들을 기다리던 숭어떼가 느닷없이 우리를 향해 달려들었다. 그들은 연어 무리 한가운데를 주둥이로 찌르듯이 파고들었다.

연어들은 화들짝 놀라 뿔뿔이 흩어졌다. 앞뒤 돌아볼 틈이 없었다. 숭어들은 은빛 갑옷 같은 비늘을 몸에 두르고 있었다. 그들의

192

몸뚱이는 우리를 향해 휘두르는 거대한 채찍이었다. 채찍은 인정사정 없었다. 채찍은 우리의 고요한 질서를 휘저었고, 우리는 채찍이 지나가는 자리를 피하느라 우왕좌왕했다.

"뿔뿔이 흩어져라. 방향은 상하좌우 어디든 상관없다."

귀에 들리는 것은 너의 다급한 목소리뿐이었다. 너는 우리 무리의 리더였다. 너는 무리의 맨 앞에서 물살로 전해져오는 모든 위험을 감지했다. 급류 앞에서는 속도를 늦추었고, 장애물이 나타나면 뛰어넘을 방도를 궁리했다. 이제껏 너는 침착했다. 하지만 이번에는 달랐다.

"흩어졌다가 재빨리 모여라. 그래야 피해를 조금이라도 줄일 수 있다."

"어서 이쪽으로!"

"한데 모여 있어야 다른 물고기들이 우리를 쉽게 넘보지 못한다!"

나는 흩어진 연어들이 가장 많이 모여 있는 바위틈으로 헤엄쳐 갔다.

폭풍 같은 숭어떼의 채찍이 우리 무리를 한 차례 휩쓸고 지나갔다.

동무들의 비릿한 피냄새가 콧속으로 훅 끼쳐왔다. 처음으로 맛본 죽음의 냄새였다. 동무들의 찢긴 몸에서 흘러나오는 피냄새는 갈 곳을 찾지 못하고 물속을 떠다니고 있었다. 흙탕물에 핏빛이 섞여 물속은 거무스름한 보랏빛으로 변해 있었다.

대열을 정비하고 살펴본 결과, 76마리의 연어가 희생되었고, 155마리의 연어가 심하게 다쳤다. 우리는 숭어의 공격 앞에 아무런 대비책도 마련하지 못했던 것이다.

그렇다고 슬픔에 잠겨 있을 수만은 없었다. 또다른 연어 무리들이 갈매기의 공격을 받았다는 전갈이 날아들었다. 희생된 연어의 수를 헤아리기조차 어렵다고 했다.

"괜찮니, 너는?"

내 안부를 묻는 네 눈은 벌겋게 충혈이 되어 있었다. 위험을 알리기 위해 소리를 많이 지른 탓이었다.

"응, 너는 좀 어때?"

내가 물었다.

"네가 괜찮으면 나도 괜찮아."

너는 나직하게 한숨을 내쉬었다.

"정말 이 세상에는 많은 벽이 있는 것 같아."

나는 오물거리는 너의 입을 바라보고 있었다.

"벽을 뛰어넘는 게 중요하지만, 때로는 우리 앞을 가로막는 벽을 사랑해야 할지도 모르겠어."

너는 많이 변해 있었다. 한풀 기가 꺾인 목소리로 네가 말했다.

"함께 헤엄치던 동무들, 돌아오지 않겠지?"

나는 이를 악물었다.

"숭어…… 이 나쁜 놈들."

"숭어와 갈매기는 분명 두렵고 피해야 하는 나쁜 존재야."

"그렇고말고."

나는 맞장구를 쳤다.

"우리는 눈에 보이지 않는 숭어를 볼 수 있어야 했어. 그랬더라면 희생을 줄였을 거야. 눈에 보이는 것만 대비하면 된다는 생각이 우리의 한계였어. 눈에 보이는 것과 보이지 않은 것을 구별할 필요가 있을까? 또 살아 있는 것과 살아 있지 않은 것의 차이는 도대체 뭐지? 숭어가 잡아먹는 연어와 연어들이 뜯어먹는 물풀에는 어떤 차이가 있는지도 잘 모르겠어. 물풀들에게는 연어가 제일 두려운 존재일지도 모르잖아. 그럼에도 살아가야 하는 이유가 이 세상에는 있을 거야. 아직은 잘 모르지만…… 슬퍼, 내가 세상을 잘 모른다는 사실이."

너는 그날 내 앞에서 눈물을 보였다. 그렇게 당당하고 꿋꿋하던 네가.

18

너는 배지느러미를 빳빳하게 펼치고 강 밑바닥까지 내려갔다가 그곳에 소복하게 모여 있는 낙엽들을 만났다. 그들의 몸은 온통 해지고 짓물러 있었다.

"너희는 어디에서 왔니?"

네가 물었다.

"우리는 자작나무에서 이곳으로 내려앉았지."

자작나무 잎사귀들이 대답했다.

"그렇다면 길을 잃은 거로구나?"

네 말에 물결이 일렁이지도 않았는데 잎사귀들이 한꺼번에 와르르 웃었다.

"우리는 길을 잃지 않아. 자작나무 끝에서 강물 위로 떨어질 때,

그 허공의 길도 고스란히 기억하고 있는걸. 강이 우리를 두 손으로 받아주었지. 그다음부터는 우리가 길을 찾아 강 밑바닥까지 내려온 거야. 그러니까 이 세상의 가장 낮은 곳, 이렇게 밑바닥까지 가보는 게 우리의 삶이지. 또 누가 우리를 이곳으로 보냈다고 오해하지 마. 그러면 섭섭하거든."

잎사귀들은 한마디 더 덧붙였다.

"누구도 낮은 곳에서 살기는 싫어하지. 낮은 곳이 있어야 높은 곳도 있는데 말이야."

"낮은 곳은 외롭잖아."

네 말에 자작나무 잎사귀들이 대답했다.

"우리는 자작나무를 잊지 않고 있거든."

그리고 그들은 네게 물었다.

"너는 어디로 가니?"

네가 말했다.

"바다로 가는 중이야."

19

　너는 강 밑바닥에서 검은 구두 한 짝을 발견했다. 왼쪽 신발이었다. 어두운 구두 속은 숨어 낮잠 자기 딱 좋은 곳 같았다. 구두는 뒤축이 5밀리미터쯤 닳아 있었다. 구두 주인의 어깨가 왼쪽으로 5밀리미터쯤은 내려앉았겠구나. 그런 생각 끝에 불쑥 구두의 주인이 궁금해졌다.

　구두코 끝에 주둥이를 대고 물었다.

　"네 주인을 기억하니?"

　구두가 말했다.

　"많이 걸어다니던 사람이었어."

　"무엇하러 걸어다녔는데?"

　"걸어다니는 게 직업이었나봐. 그 사람이 걷는 것 말고 다른 일을 하는 걸 본 적이 없어."

"참 이상한 직업도 다 있구나."

네가 고개를 갸웃거리자, 구두가 말했다.

"내가 그 사람을 많이 끌고 다녔는지도 몰라."

그러고는 한숨을 내쉬었다.

"차라리 맨발이었다면 누군가 가엾게 여기기라도 했을 텐데. 그 사람은 아침마다 나를 반짝반짝 윤이 나게 닦고 길을 나섰는데, 아무도 그를 반겨주지 않았어."

어느새 구두는 훌쩍이고 있었다.

"내 잘못이 커."

너는 구두의 주인에 대해 더이상 묻지 말아야겠다고 생각했다.

"그런데 넌 왜 여기에 와 있니? 그것도 혼자서? 다른 한쪽은 어디 있는 거지?"

"……"

구두는 아무 말이 없었다.

말하기 싫을 때는 가만히 놔두어야 한다는 것을 너는 알고 있었다. 슬프거나 아픈 이야기를 할 때는 더욱 그렇다. 그래야 마음속에서 가라앉을 것들은 가라앉고, 걸러질 것들은 걸러지니까.

"잘 있어."

네가 말했다. 여전히 구두는 말이 없었다.

20

너는 답답한 생각을 떨치려고 꼬리지느러미를 힘차게 흔들었다. 몸이 위쪽으로 솟아올랐다. 아가미가 수면에 가까이 닿자, 물 밖으로 한번 튀어오르고 싶었다. 꼬리를 힘껏 저었다. 네 몸을 감싸는 공중의 바람이 상쾌했다.

그때 물가 바위 위에 있는 새 한 마리가 네 눈에 들어왔다. 부리가 길쭉하고 키가 큰 새는 한쪽 다리로 서서 물속을 노려보고 있었다.

"너는 누구니?"

새는 대답하지 않았다.

네가 다시 물었다.

"너는 누구니?"

"왜가리!"

짧게 말을 내뱉더니 왜가리는 너에게로 재빠르게 부리를 갖다 댔다. 너는 황급히 물속으로 몸을 피했다. 왜가리의 부리가 물속에서 어른거리며 무언가를 계속 헤집고 있었다.

너는 생각했다.

'왜가리가 한쪽 다리로 서 있는 것은 신발 하나를 물속에 빠뜨려버렸기 때문일 거야.'

21

강폭이 좁아지면서 강줄기가 휘어지고 있었다. 눈이 시리도록 강물이 푸르렀다. 깎아지른 절벽이 강물 속에 버티고 서 있었다. 절벽은 근육이 단단한 거인의 우람한 다리처럼 보였다. 강물이 끝없이 깊어져 몸을 가누기가 힘들었다.

하지만 하나도 두렵지 않았다. 거기에서 우리는 또다른 연어 무리를 만났다. 하류로 내려가다가 우리를 기다리고 있던 연어들이 속속 무리에 합류했다. 우리는 드디어 5,000마리의 거대한 무리를 이루게 되었다. 리더인 너의 지시에 따라 5,000마리의 연어들은 재빠르게 움직였다. 우리는 너의 지시에 따라 자유자재로 편대를 만들었다. 바퀴처럼 빠르고 둥글게 구르는 듯하다가, 원반 모양처럼 앞으로 나아가기도 하고, 때로는 새가 양 날개를 활짝 편 자세로 바꾸기도 했다.

"가까이 있는 동무들하고 일정한 간격과 속도를 유지해야 해. 간격과 속도는 연어들의 생명이니까. 그게 우리가 살아남는 길이라는 걸 잊지 말아야 해."

우리의 움직임은 잘 짜인 한 편의 군무였다. 천적이 나타나면 재빨리 흩어졌다가 곧 질서 있게 무리를 이루었다. 아무리 다급한 상황이 닥쳐와도 일정한 간격과 속도를 유지해야 했다. 자석이 쇠를 끌어당기듯 우리는 모였다.

"5,000마리가 한꺼번에 모인다고 생각하면 안 돼. 바로 네 옆에 있는 동무들이 중요해. 동무들하고 떨어지지 말아야 해."

아주 특별한 경우가 아니면 우리는 함께 있어야 했다. 불평을 늘어놓는 연어들이 생겨났다.

"우리는 왜 이렇게 모여 있어야 하는 거지?"

너는 동무들을 하나하나 둘러보았다.

"모여 있어야 천적들이 우리를 우습게 보지 않아."

또다른 불만이 터져나왔다.

"우리는 겨우 7센티미터가 될까 말까 한 연어들인걸."

너는 또렷하게 한마디 한마디 힘주어 말했다.

"지금부터 우리는 두 개의 눈을 가진 연어가 아니야. 5,000마리가 각각 두 개의 눈을 가지고 있으니까 우리는 만 개의 눈으로 물속을 살피는 연어가 된 거야. 이런 물고기는 이 세상 어디에도 없어. 우리는 작지만 거대한 물고기야."

너의 말은 연어들 각자에게 골고루 스며들었다. 보충해서 설명할 필요도 없었다. 연어들은 너의 말 한마디 한마디를 비늘에 새겼다. 몸에 두른 비늘은 연어들의 예민한 귀가 되었다.

22

　해가 지기 직전에 두어 차례 물총새의 습격이 있었다. 물이 얕
았더라면 적지 않은 피해를 입었을 것이다. 너는 수면 가까이에서
무리를 이끌고 있었다. 물총새의 길고 뾰족한 부리가 수면에 닿기
직전에 너는 동무들에게 위급한 상황을 알렸고, 연어들은 재빨리
흩어져 위기를 넘겼다. 물총새는 강물 깊숙이 따라오지는 못했다.
그가 물고 간 것은 한 모금의 강물이었다. 아니면 한 모금의 허공
이었거나.

　흩어진 연어들이 다시 대열을 정비했다.

　"물총새가 날아오는 걸 어떻게 알았어?"

　내가 묻자 네 얼굴이 환해졌다.

　"물총새가 깃을 펴는 순간, 그 소리가 들렸어."

"어떻게 그럴 수가 있지?"

"소리는 울림이잖아. 소리가 나는 쪽에서 소리를 듣는 쪽으로 빗금 같은 게 그어지는 거지. 그 빗금을 따라 소리의 울림이 이동하는 거고."

"소리는 눈에 보이지 않는 거잖아."

"얘는! 꼭 눈으로 봐야 보는 거니?"

나는 머쓱해져서 강물 소리에 귀를 기울였다. 물소리가 거의 들리지 않았다. 강물과 나 사이에 그어진 빗금이 흐릿해진 모양이었다.

강물이 깊어진다는 것은 바다가 가까워지고 있다는 뜻이었다. 깊어진 강은 흐름을 멈춘 것처럼 의젓해졌다. 여울을 지날 때처럼 세찬 물소리를 내지도 않았고, 느린 속도를 이불처럼 몸에 감고 있었다. 강은 침착하고 묵묵하게 스스로를 다스리고 있었다. 그렇다고 가야 할 길을 잃어버린 것은 아니었다. 다만 강물의 걸음걸이가 쉽게 눈에 띄지 않을 뿐이었다.

어둠이 강물 속으로 먹물처럼 번져오고 있었다. 강물의 깊이를 알아챈 어둠은 서두르지 않았다. 처음에는 수면에 남아 있던 노을의 붉은 잔영을 걷어내더니 천천히 물속으로 스며들었다. 강물은 어둠을 밀쳐내지 않았다. 숙명처럼 어둠의 몸을 받아들였고, 기꺼이 어둠과 한몸이 되었다. 마침내 강물 속과 강물 밖은 어떠한 경계도 없어졌다.

밤이 깊어지자 하늘에서는 별들이 연어 무리처럼 떼를 지어 총총 눈을 반짝였다. 하늘에는 별들이, 강물 속에는 연어들이 있었다.

"별들이 참 많이도 깜박이는구나."

내가 혼자 중얼거리는 소리를 듣고 네가 말했다.

"별들이 깜박이는 건 울고 있다는 뜻이야."

전혀 예상하지 못한 대답이었다.

"별들이 울고 있다……?"

"그래. 학교에서 별자리를 공부할 때부터 별들도 운다는 걸 알았어. 저 수많은 별 가운데 슬픈 전설을 간직하지 않은 별은 하나도 없거든."

너는 말을 계속하려다가 아, 하고 탄성을 질렀다. 순간 반짝이는 무언가가 밤하늘에 빗금을 그으며 떨어졌던 것이다. 그건 마치 별들이 흘리는 눈물 같았다.

"저건 뭐지?"

내가 물었다.

"별똥별이라는 거야. 아주 작은 별이 궤도를 따라 돌다가 길을 잃은 거지. 그러니까, 궤도를 이탈한 별똥별인 거지."

그렇다면 너도 학교라는 궤도를 이탈한 별똥별이었다. 하지만 너는 길을 잃지 않았다. 너는 별똥별처럼 나한테 왔고, 지금도 내 앞에서 반짝이는 별이다. 길을 잃기는커녕 너는 연어 무리의 길이었고, 우리가 따라가야 할 길이기도 했다.

"우주를 떠돌던 별이 길을 잃고 지구로 들어올 때 두꺼운 공기층과 부딪치게 되는데, 그때 저렇게 반짝, 하고 불꽃을 일으키는 거야."

불꽃을 일으킨다는 말이 내 마음속에서 또다른 불꽃을 일으켰다. 내 마음속의 불꽃을 네게 보여줄 때가 된 것 같았다. 내겐 아직한 번도 네게, 아니 그 누구에게도 내비친 적 없는 불꽃이 있었다. 매우 뜨겁고 복잡하고 미묘한 불꽃이었다. 그 불꽃에 대해 말하지 않으면 가슴이 터져버릴 것 같았다. 나는 아무 말도 못 하고 가만히 너를 바라보았다. 얼굴이 달아올랐다. 입을 겨우 벙긋 열었지만 어떤 말도 입밖으로 나오지 않았다. 그때 끙, 하는 신음소리 비슷한 게 너의 귀에 닿았던 모양이다.

"어디 아프니?"

그래, 나는 아팠다. 말할 수 없을 정도로 아팠다. 하지만 누군가 내 아픔의 원인을 말해주고 치료방법을 일러준다고 해도 듣지 않을 작정이었다. 나는 엉뚱하게도 수면 위에 어른거리는 별빛을 가리켰다.

"물속 별빛들도 울고 있어."

내 말을 듣고 너는 까륵까륵 웃었다. 머쓱해진 나를 보며 눈을 흘기더니 네가 말했다.

"별똥별이 아름다운 것은 반짝, 하고 빛나기 때문이 아니야. 빛나는 것은 한순간에 사라지고 말거든."

'내 마음속의 불꽃은 사라지지 않아…… 아마 영원할 거야…… 그 불꽃이 내 살을 다 태워버린다 해도 나는 기쁠 것 같아……'

하지만 그 말들은 내 머릿속에 갇혀 있을 뿐이었다. 내 입에서는 또 생각과는 다른 말이 튀어나왔다.

"별똥별은 어디로 떨어질까?"

아무 생각 없이 한 말인데 너는 무척이나 반겼다.

"아, 너도 중요한 것을 생각하고 있구나."

"중요한 것? 그게 뭐지?"

"별똥별이 떨어지는 그 짧은 순간, 우리는 그 별이 어디로 떨어졌을까 상상을 하지. 그건 매우 중요한 일이야."

금방 이해가 되지 않았다.

"별똥별은 우리에게 그것이 떨어진 곳을 상상할 수 있게 해주기 때문에 아름다운 거야. 우리가 찾아가고 있는 바다도 마찬가지지. 우리 중에 바다를 잘 아는 연어는 아무도 없어. 바다를 잘 알고 있다면 우리는 바다를 찾지 않았을지도 몰라. 잘 모르기 때문에 가는 거지. 바다는 우리가 아직 가보지 못한 곳이니까, 상상할 수 있는 곳이니까 연어들은 그곳으로 가는 거야."

어두운 강물 속으로 퍼져나가는 너의 목소리는 힘차고 또렷했다. 한때 너는 제비가 되고 싶었던 물고기였다. 둥지를 지어 새끼들을 기르고, 바람을 가르고 구름을 뚫고 솟아올라 바다를 건너고 싶어했던.

슬쩍 장난을 치고 싶어졌다.

"지금도 제비가 되고 싶니?"

너는 눈을 번쩍 떴다. 당황하고 있다는 뜻이었다. 그러더니 곧 대답했다.

"제비 중에도 지느러미를 달고 싶어하는 녀석이 있을지 몰라."

우리는 날개를 단 연어와 지느러미를 단 제비를 떠올리며 크게 웃었다.

하류로 갈수록 물이 탁해졌다. 뿌연 부유물이 어둠과 뒤섞여 시야를 어지럽혔다. 우리는 흐린 강물 위에 반짝이는 별빛을 등대 삼아 길을 재촉했다. 새벽녘까지 몇 시간을 쉬지 않고 헤엄을 쳤더니 피곤이 몰려왔다. 연어 무리를 이끌던 너도 지친 표정이었다. 우리는 운동장처럼 넓은 물속 바위 위에서 쉬어가기로 했다.

가쁜 숨이 가라앉을 즈음 네가 나직하게 말했다.

"바다가 가까워지고 있어."

나는 더럭 겁이 났다. 바다는 우리에게 다가올 낯설고 새로운 세상이었다. 겨우 7센티미터 정도밖에 되지 않은 연어들이 헤쳐나가기엔 험난한 장애물일지도 몰랐다. 그것은 억세고 질긴 가죽처럼 뚫을 수 없는 벽일지도 몰랐다. 하지만 두려운 마음을 겉으로 드러낼 수는 없는 노릇이었다.

"바다는 강보다 푸르고 넓고 거칠고 높은 곳이라는데…… 바다는 과연 어떤 곳일까?"

너는 대답 대신 물이 흘러가는 하류 쪽을 말없이 바라보았다. 나 역시 너의 눈길이 가닿는 곳을 가만히 바라보았다. 웃자란 물풀들이 보였다. 그들도 바다를 상상하고 있는 것일까? 물풀들이 하류 쪽으로 머리를 풀어 헹구고 있었다.

"어서 바다에 닿으면 좋겠어."

너의 눈망울 속에는 이미 바다의 파도가 일렁이고 있었다.

"바다가 우리를 기다리고 있을까?"

나는 조심스럽게 물었다.

"자유가 우리를 기다리고 있을 거야."

바다가 기다리고 있느냐는 물음에 너는 자유가 기다린다고 대답했다. 이상했다. 자유를 말하면서도 너의 표정과 몸짓은 자유롭지 않아 보였다. 혹시 네가 나를 떠나려고 하는 게 아닌가 하는 의심이 들었다. 내가 하류로 가고 싶다고 했을 때도 너는 폭포 위로 가고 싶어했었다.

너는 나를 빤히 바라보더니 다시 말하기 시작했다.

"나 혼자 자유로운 것은 자유가 아니야. 우리는 혼자가 되면 언제 어느 곳에서든지 자유가 보장된다고 생각하지. 하지만 그것은 착각일 뿐이야. 그 누구도 혼자서는 자유로울 수 없어. 네가 자유로워야 내가 자유로운 거야. 마찬가지로 내가 자유로워야 너도 자유로운 거지. 바다는 혼자가 아닐 거야. 바다는 자유니까! 바다는…… 그런 곳일 거야."

"참으로 알쏭달쏭한 말이구나. 바다로 가서는 혼자가 되겠다는 뜻이니?"

내가 퉁명스러운 말투로 물었다.

"혼자는 무슨…… 나는 이미 너한테 물들어버린걸."

"물들어버렸다고?"

"물든다는 것은 마음이 마음을 만나는 거야. 마음이 마음을 만나 따뜻해지는 거지."

아아, 너는 놀랍게도 내가 하고 싶은 말을 하고 있었다. 내 속에서 뱅뱅 돌던, 하지만 내가 한 번도 발설하지 못한 그 말들을 너는 천천히 입밖으로 꺼내고 있었다. 머리가 어지러웠지만 마음 한쪽이 따뜻해지는 느낌은 어찌할 수 없었다.

너는 나를 똑바로 바라보았다.

"너를 좋아한다는 말을 한 번도 해본 적이 없어."

그것도 내가 네게 하고 싶은 말이었다.

"그 말을 하는 순간에 네가 자유롭지 않을 것 같아서야. 말은 때로 상대방을 간섭하고 구속하니까."

그 말도 내가 네게 하고 싶은 말이었다.

"특히 좋아한다, 사랑한다는 말은 입술을 벗어나는 그 순간부터 가벼워지곤 하지. 나는 그 말을 할 수가 없어. 그런 말은 부력이 강해서 여차하면 허공으로 떠오르기 십상이니까."

네가 무슨 말을 하는지 조금씩 알 것 같았다. 내가 알고 있는 꽃씨가 있었다. 잎도 줄기도 꽃도 열매도 아닌 꽃씨였다. 꽃씨가 꽃씨로 사는 것은 무엇보다 작고 가볍고 단단하기 때문이라고 했다. 작아서 짐승의 못된 뿔에 부딪힐 일이 없고, 가벼워서 가장 멀리까지 날아갈 줄 알고, 단단해서 쉽게 깨지지 않는다는 것이었다.

나는 생각했다.

'꽃씨도 그랬어. 이쪽 마음의 꽃이 저쪽 마음의 꽃에 가 닿을 때까지 꽃씨는 온몸에 고인 향기를 함부로 퍼뜨리지 않는다고.'

너는 내게 꽃씨였다.

"사랑한다는 말은 허풍이 많이 들어 있어서 잘 가라앉지 않아. 그 속에는 부레가 들어 있는지도 몰라."

그렇게 말하고 나서 너는 깔깔 웃었다. 너와 함께 있는 동안에는 우리를 적시고 가는 강물을 꽁꽁 묶어두면 좋겠다는 생각이 들었다. 시간이 흘러가버리지 않도록.

갑자기 눈물이 날 것만 같았다. 네게 울고 싶다고 말을 해야 할지 망설여졌다.

'바다로 가서 만약에 우리가 서로 만나지 못한다면 눈을 뜨고 있는 내내 나는 울고 있을 거야.'

나는 또 이렇게 생각했다.

내 마음을 들여다보기라도 했는지 불쑥 네가 말했다.

"울고 싶을 때는 울어야 해."

울어야 할 마땅한 이유는 없었다. 우리는 바다를 향해 나아가고 있었고, 달리 고민할 것도 고통스러워할 것도 없었다. 그런데도 눈물이 쏟아졌다. 나는 내가 울고 있다는 것을 잊어버릴 정도로 마음껏 울었고, 너는 그런 나를 가만히 놔두었다. 실컷 울고 나니까 나는 훨씬 자유로운 연어가 된 것 같았다.

한참을 울고 나자 네가 말했다.

"너는 눈이 별을 닮았구나. 별처럼 맑아."

"그래?"

네가 맑은 눈으로 바라보기 때문에 내 눈이 맑게 보이는 거야, 라고 말하려다가 참았다. 너무 상투적이고 뻔한 말이라 네가 유치하게 생각할 것 같았다. 그래도 네 앞에서는 한 달에 한 번쯤 그렇게 유치해지고 싶었다.

23

안개가 자욱한 아침이었다. 한 치 앞을 내다볼 수 없었다. 안개
는 강물 속까지 스며들어 있었다. 안개의 미세한 입자들, 그들의
움직임은 은밀했다. 그들은 물속의 모든 풍경을 조금씩 지워가고
있었다. 연어와 연어 사이에 안개는 장막을 치고 있었다. 장막은
연어들을 갈라놓았다. 바짝 붙어 있어도 서로를 알아보기 힘들었
다. 아무리 눈을 크게 떠보아도 아무것도 보이지 않았다. 눈알이
따끔거렸다.

비릿한 냄새가 코를 찔렀다. 하류로 내려오면서 처음 맡는 냄
새였다. 얼굴을 찡그리며 황급히 코를 틀어막는 연어도 있었다.
5,000마리가 넘는 거대한 연어의 무리가 흔들리기 시작했다. 바다
쪽을 향해 전진하던 무리 중에 갈피를 잡지 못하고 우왕좌왕 헤매

는 연어들이 생겨났다.

"바다가 가까워졌어."

그때 마침 네 목소리가 안개의 장막을 뚫고 전해져왔다. 연어들은 강물과 바닷물이 합쳐지는 지점에서 바다의 냄새를 맡은 것이었다.

"바다래, 바다!"

연어들이 수런거렸다.

"자, 여기서부터는 강 밑바닥에서 헤엄치지 말고 수면 가까이 올라가야 해."

너는 여전히 보이지 않는 곳에서 침착하게 말했다.

연어들은 일제히 부레에 바람을 넣었다. 위쪽으로 상승할수록 비릿한 냄새는 옅어졌다. 바닷물은 강 밑바닥을 타고 포복하듯이 올라오고 있었던 것이다.

"여기서 더 나아가면 위험해. 모두 숨을 천천히 쉬면서 기다리자."

너는 연어 무리의 맨 앞에서 대열을 멈춰 세웠다. 멀리 흐릿하게 보이는 네 얼굴은 긴장하는 빛이 가득 차서 어두웠다. 너는 재빨리 정찰대를 구성했다. 바다 가까이 접근해서 물속의 염분 농도를 정확하게 측정하기 위해서였다.

"우리는 그동안 민물에서 지내왔기 때문에 몸속의 염분 농도가 강물보다 높았어. 그런데 강물과 바다가 만나는 지점에서는 우리 몸속의 염분보다 몸밖의 염분이 높아지게 돼. 자칫하면 우리 몸의 세포 속 물이 밖으로 다 빠져나가 탈수상태가 될 위험이 있어. 이곳 강 하구에서 오래 머물면서 적응과정을 거치지 않으면 큰일이 날 거야. 정찰대가 측정을 마칠 때까지 안전하게 이곳에서 기다려줘."

너는 불안해하는 연어들의 얼굴을 하나하나 바라보았다. 네 목소리는 힘이 있었지만 가늘게 떨리고 있었다.

'힘을 내야 해!'

나는 속으로 너를 응원하였다.

너를 포함한 수색대가 고개를 푹 숙이고 다시 돌아온 것은 출발한 지 채 오 분이 지나지 않아서였다. 함께 나갔던 열 마리 중 세 마리는 보이지 않았다. 큰 낭패를 당한 게 틀림없었다. 안개 때문에 어두침침한 물속에서 너는 가쁘게 숨을 몰아쉬었다.

"벽이 있었어! 우리 앞을 가로막는 거대한 벽이었어!"

어떤 공포가 너를 스치고 지나가고 있었다. 네가 그렇게 나약해 보인 건 처음이었다. 네가 우리의 리더라는 것도 잠시 잊어버린 듯했다.

"몸이 그대로 딱딱하게 굳어버리는 것 같았어. 숨을 쉴 수 없을 정도로 코가 매웠고. 함께 갔던 친구 셋은 그 자리에서, 그대로……"

너는 말을 잇지 못하고 연신 기침을 해댔다.

예상을 뛰어넘는 바다의 위력 앞에서 우리는 쩔쩔매고 있었다. 아무도 말이 없었다. 머지않아 닥칠 새로운 세계는 우리를 일순 암흑 속으로 밀어넣었다. 아직 알이었을 때, 내가 자갈 틈의 어둠 속에서 느꼈던 두려움도 바로 이런 것이었다. 우리가 꿈꾸던 바다는 이런 게 아니었다. 이렇게 엄혹한 시련을 맞이하려고 여기까지 왔다니! 그때처럼 또다시 지금의 현실을 감당하기 힘들었다.

그날 우리는 강 하구의 삼각주까지 후퇴했다. 그곳은 모래알이 맑고 염분이 비교적 적은 곳이었다. 안개의 장막이 다행히 조금씩 걷히고 있었다.

느릿느릿 저녁이 왔다.

반짝, 하는 불빛이 한 줄기 다가오고 있었다. 너였다.

"좀 쉬지 않고 왜 나왔니?"

반가운 목소리로 말을 건네려고 했지만, 목이 잠겼는지 내 목소리에는 잔 모래알 같은 것들이 섞여 있었다. 계속 기침을 하는 너의 입가에 핏물이 묻어 있었다. 내 입에서 짧은 비명이 터져나왔다. 눈자위는 마치 안개의 막이 낀 듯 희뿌옇게 보였다. 그만큼 고통스럽다는 뜻이었다. 강물이 입가에 묻은 핏물을 닦아주고 있었다.

내 입술을 너의 입술에 갖다댔다. 말이 필요 없었다. 왠지 그래야 할 것 같았다. 이런 일이 마지막이라고 하더라도 여기, 지금 네 옆에 내가 있다는 것을 네가 알아주었으면 싶었다. 너는 잠자코 내 입술을 받아주었다.

입술을 맞댄 우리는 대칭을 이루는 두 마리의 연어가 되었다. 너는 바다 쪽을 바라보며 이를 악물었다.

"벽은 뛰어넘으라고 저기에 있는 거야."

입속에서 핏물이 흘러나왔다.

이 안쓰러운 순간을 어떻게 헤쳐나가야 할지 막막했다. 너 대신 아파줄 수도 없는 노릇이었다. 네가 말을 이었다.

"나는 내일 다시 바다로 떠날 거야."

"아, 바다……"

한숨이 새어나왔다. 너를 달래야 했다. 그게 아니라면 기운을 북돋아주는 말이라도 해야 했다.

"너는 예전부터 새가 되고 싶어했잖아."

새, 라는 말에 너는 웃었다.

"그래…… 날렵하게 허공을 나는 제비도 좋겠지. 하지만 나는 물속을 나는 제비가 될 거야."

네가 정신마저 놓아버린 것은 아닐까. 잠시 뒤 네가 나직하게 말을 이었다.

"……먼 데까지 가야지."

네 말을 듣고 나는 갑자기 무서워졌다.

"먼 데까지 가서…… 혼자 가겠다는 건 아니지?"

내 말에는 대답하지 않은 채 너는 말했다.

"제비는 멀리 떠났다가 반드시 둥지로 돌아오거든."

"하지만 우리는 연어잖아…… 정말 혼자 가는 거야?"

너는 한참 동안 입을 다물었다. 나는 조금씩 깨닫고 있었다. 너의 결심을 되돌릴 수 없다는 것을.

"미래라는 건 미처 가보지 못한 폭포 위쪽일 뿐이야. 그러고 보니까…… 아, 너는 내가 가야 할 곳에서 태어난 아이구나."

너는 아리송한 말을 읊조리듯 뱉어냈다.

"내일 혼자 떠난다면, 그럼 떠났다가 돌아오는 거라고 믿어도 되는 거지?"

"그럼. 돌아오기 위해 떠나는 거야. 이 세상의 어떤 것들도 한곳에 고정되어 있지 않아. 물이 흐르듯이 모든 것은 움직이잖아. 움직이면서 순환하는 거야."

"순환한다는 건 돌고 돈다는 뜻이지?"

너는 고개를 끄덕였다.

"영원한 것은 없어. 변하지 않는 것은 없는 거야."

너는 쉴 때가 된 것 같았다. 네 거처로 데려다주겠다고 하자 너는 고개를 저었다.

그때, 철교 위로 쿵쾅쿵쾅 지나가는 기차 소리가 들렸다. 우리

220

는 말을 하지 않고 숨을 죽였다. 소리가 너무 커서 귀가 얼얼했다.

"저 기차는 스며들 줄 모르는구나."

"스며든다고?"

"응, 스며드는 것은 소리가 나지 않거든."

너는 잠깐 말을 끊었다. 기차 소리가 멀어지고 있었다.

"이제야 알 것 같아. 우리 앞에 놓인 저 바다라는 벽을 나는 뛰어넘으려고만 했어. 그게 조금씩 후회되기 시작하네. 진심이야."

"네가 말했듯이 벽은 뛰어넘어야 하는 거잖아."

"반드시 그렇지만은 않아. 우리도 바다로 스며들어야 할 것 같아……"

너의 표정이 돌연 밝아졌다.

"상류에서 만났던 수달도 똑같은 말을 했어. 스며드는 것은 소리가 나지 않는다고, 그것은 침묵으로 말하는 거라고. 수달도 강물 속으로 스며든다고 했지."

"아하, 그랬구나."

"스며드는 것이나 물드는 것은…… 물기가 필요하지. 마음이 마음을 만나는 거니까…… 아, 그런데 물속에서도 나는 왜 이리 목이 마르지?"

너는 소리치듯 혼자 말하며 괴로워했다. 나는 네가 찾는 게 물이 아니라는 것을 알고 있었다. 그것은 끝없는 갈망이었다. 궁금한 것에 대한 갈망, 지금은 여기 없는 것에 대한 동경이 너를 여기까지 데리고 왔다. 그리고 그 동력으로 너는 또 떠나려 하고 있었다.

참담한 지경에 이르게 되면 누구나 신을 찾는 법이다. 초록강이 우리를 모른 척하고 있다는 생각이 들자 슬며시 부아가 치밀었다.

"초록강이 우리를 버린 것일까?"

너를 붙잡고 싶은 마음과 떠나보내야 하는 마음이 내 안에서 충돌을 일으키고 있었다.

"버린 게 아니라 초록강은 다 보고 있을 거야. 우리 스스로 길을 만들어 바다로 가라는 거지. 꼭 말을 해야 관심을 보이는 건 아니야."

너는 무엇이든 긍정적으로 이해하려고 했다. 나는 그게 불만스러웠다.

"도대체 초록강은 어디에 있는 거지…… 우리를 감싸고 있으면서도 어떻게 이렇게 무심할 수가 있는 거야."

내가 혼자 중얼거리자 네가 말했다.

"글쎄, 그럴까? 내 생각은 달라. 강물이 우리를 지켜주는 신은 아닌 거야. 우리를 지킬 힘은 우리 안에 있는 거야. 그러니까 초록강도 우리 안에 있는 거지."

나는 할말을 잃었다.

"모든 것은 연결되어 있다는 걸 너도 알지? 초록강과 우리가 따로 있는 게 아니야. 초록강과 바다 역시 따로 있는 게 아니고. 그리고 너와 나도…… 따로 있는 게 아니야."

네 목소리는 때마침 강물 속으로 쏟아지고 있는 별빛처럼 내 귀로 스며들었다. 더이상 바랄 게 없었다. 더이상 붙잡고 매달릴 것도 없었다.

연어에게는 연어의 길이 있다
그 아무도 가르쳐주지 않은 고난의 길
어머니의 강을 열면 보인다
어머니의 강으로 돌아오는 길이 보인다
바다의 가슴이여 우리를 맞이하라
북태평양 노한 파도여 끝끝내 증언하라
끝이 없는 연어의 길 빛나는 영광의 길

이튿날, 마침내 네가 떠나야 할 시간이 왔다.

바다를 향해 떠나는 너를 위해 연어들은 노래를 부르기 시작했다. 너는 돌아오기 위해 떠난다는 말을 남기고 바다를 향해 꼬리를 저었다. 나는 너를 붙잡고 싶었지만, 붙잡아야 했지만, 그러나 끝내 붙잡지 않았다.

그리고 다시는 너를 만날 수 없었다.

다른 연어들은 네가 죽었다고, 돌아오지 못할 거라며 슬퍼했다. 눈물을 펑펑 쏟으며 주저앉아 우는 연어도 있었다. 하지만 나는 울지 않았다.

나는 바다를 향해 큰 소리로 말했다.

"네가 제일 먼저 바다를 만나겠구나! 괜찮아. 나는 아무렇지도 않아. 내가 아무렇지도 않으니까 너도 아무렇지 않을 거야. 우리는 잠시 떨어져 있는 거야."

바람이 불었다. 바람이 내 목소리를 물결에 실어 바다 쪽으로 데리고 갔다. 너는 두려운 것도 꿈꾸는 것도 없는 자유로운 연어가 되었다. 네게 할 수 있는 말은 단 한마디뿐이었다.

"너는 자유야!"

너는 보이지 않지만 어디에선가 내 말을 듣고 있을 것이다. 너하고 나는 따로 있는 게 아니니까.

24

지금부터는 네가 모르는 이야기야.

네가 떠나고 난 뒤 우리는 잠시 혼란에 빠졌어. 너의 죽음 앞에서 갈팡질팡했던 거지. 3월 중순까지 한 달 가까이 초록강 하류에서 적응 기간을 보내야 했어. 그동안 나는 이렇게 생각했어. 너는 앞서간 동무들의 죽음을 너의 죽음으로 덮고자 한 거라고. 그래야만 새로운 삶이 시작될 테니까. 아버지와 어머니의 죽음을 우리가 언젠가 우리의 죽음으로 덮게 되는 것처럼. 그리하여 새로운 알이 태어나게 되는 것처럼.

바닷물의 온도가 섭씨 7도쯤 되었을 때였어. 우리는 그동안 많이 성장해서 대부분 7센티미터 이상이 되었지. 10센티미터 가까이 되는 연어들도 있었어.

강을 떠나기 전에 우리는 한자리에 모였어. 마지막으로 강바닥에 코를 박고 강물 냄새를 마음껏 들이켰지. 모래알의 해맑은 빛깔이 눈을 찔렀고, 강이 기른 물풀 냄새는 향기로웠어. 누가 말하지 않아도 우리는 강물 냄새를 영원히 잊으면 안 된다고 생각했어. 연어, 라는 말 속에는 강물 냄새가 나야 하니까 말이야.

해가 지고 있었어. 어두워지기 시작할 때쯤 우리는 일제히 바다로 들어갔어. 예상대로 바다는 벽이었어. 그러나 우리는 벽을 뚫고 바다로 들어갔지. 아니, 바다가 가슴을 열어젖혔어. 우리는 바닷속으로 빨려들 듯이 헤엄쳐들어간 거야. 우리는 그렇게 스며든 거야. 마치 가느다란 끈이 강에서 바다로 길게, 길게 이어지듯. 우리는 우리가 가는 길을 알고 있었어. 그것은 네가 앞서간 길이고, 너를 만나러 가는 길이기도 했지.

그래. 우리는 머지않아 만날 거야.

고마워. 내 말을 끝까지 들어줘서.

모든 것은 연결되어 있다

이문재(시인)

그해 늦가을에 보았다. 모천을 향해 물살을 거슬러올라가는 연어, 지느러미를 파닥이는 연어, 듬성듬성 살점이 패어나간 연어, 기슭에 모여 힘을 모으는 연어, 작은 폭포 아래서 도약 순번을 기다리는 연어─ 십팔 년 전 깊은 가을, 사할린에 가서 보았다. 강은 사할린 내륙으로 들어와 강이 아니었다. 강이 되기 이전의 개울, 최상류였다. 수심이 얕았다. 자갈 바닥이 훤히 들여다보였다. 무릎을 걷어올리면 건널 수 있는 좁은 물길. 알에서 깨어난 곳에 다 와가는 회귀성 어류는 지쳐 보였다. 귀를 가까이 대면 아가미가 숨차하는 소리가 들릴 것 같았다. 산란하러 가는, 아니 있는 힘을 다해 죽으러 가는 연어의 대단원은 안쓰러워 보였다.

1995년 가을, 나는 한의학 의료봉사단을 따라 사할린으로 향했다(그때 나는 기자였다). 사할린은 2차 세계대전 종전 시기까지 일본의 지배를 받아 화태도라고 불렸다. 일제강점기, 한인들이 화태로 끌려갔다. 화태에는 지하자원이 풍부했다. 한인 청장년들은 화태 곳곳에서 석탄을 캤다. 고향으로 돌아갈 날을 손꼽아 기다리며 막장으로 들어갔다. 하지만 그들은 귀환하지 못했다. 1945년 8월, 일본이 무조건 항복을 했을 때, 일본인들은 좁은 해협을 건너 북해도로 즉각 귀환했다. 하지만 화태도 동포들은 일본 국적이 아니라는 이유로 배에 오르지 못했다. 자신들을 끌고 간 일본에 의해 버려진 것이다. 3년 뒤 건국한 모국도 억류 한인들을 오랫동안 찾지 않았다.

안도현의 『연어』를 접할 때마다 위의 두 장면이 선명해진다. 회귀하는 어류와 귀향하지 못하는 억류 한인들이 겹쳐진다. 매년 단풍이 짙어질 무렵, 연어떼를 맞이하는 한인들의 심사는 남달랐다. 올해에도 어김없이 연어는 돌아오는데, 우리는 언제 고향땅에 돌아가나— 사할린 억류 한인들은 연어의 붉은 알을 독한 보드카와 함께 입안에 털어넣고, 흐린 시력으로 남서쪽 먼 하늘을 오래 바라보았을 것이다. 그럴 때마다 보드카보다 차고 맑고 독한 눈물이 몇 방울 떨어졌을 것이다. 1930~1940년대 사할린으로 징용 간 한인 대부분은 경상북도 칠곡 출신이었다. 고향땅에서 해방을 맞이한 사할린 동포들의 가족들도 광복절이나 명절 때면 동북쪽 먼 하늘로 자주 눈길이 갔을 것이다.

문제는 인간중심주의

『연어』가 문학동네 창립 20주년을 기념하는 특별판으로 새로 편집된다고 해서 책을 다시 구했다. 2013년 6월 8일 현재 123쇄. 1996년 3월 2일 1판 1쇄를 발행한─내가 사할린에 다녀온 이듬 해 봄『연어』가 태어났다─이후, 벌써 17년이다. 발행부수 못지않게 중요한 것이 쇄다. 베스트셀러보다 스테디셀러가 더 큰 의미를 가진다는 말이다. 『연어』는 2007년 100쇄를 돌파한 이후에도 여전히 산란을 계속하고 있다. 번식을 거듭했을 뿐만 아니라 2010년 속편『연어 이야기』를 발간해 '은빛연어'의 생애를 온전하게 복원했다. 알에서 나와 바다로 나갔다가 다시 모천으로 돌아와 생애를 마감하는 연어의 대장정을 원환의 구조로 완성한 것이다. '어른을 위한 동화'라는 틈새 장르의 승리였다. 아니, 상상력의 승리라고 말하는 것이 옳겠다.

"『연어』는 백과사전과 생물학으로부터 연어를 구출했다. 우리는 『연어』를 통해 비로소 연어를 '위에서' 내려다보는 것이 아니라 '옆에서' 바라볼 줄 아는 눈을 가지게 되었다. 안도현식으로 표현하자면, 드디어 연어를 '마음의 눈'으로 바라볼 수 있게 된 것이다. 여기에는 약간의 '상상력'이 필요하다. (……) '과학'이 아니라 '상상력'이다."(신수정, 「너에게 가는 길」, 『연어 이야기』 해설) 그렇다. 은빛연어를 비롯한 연어떼, 연어와 함께 살아가는 동물들, 그리고 강과 바다가 엮어가는 안도현의 연어 이야기는 과학으로는 도저히 접근할 수 없는 상상력의 세계, 즉 알레고리의 세계다. 과학은 '위에서' 내려다보기 때문에 연어의 마음을 읽지 못한다. '나쁜 과학'에는 의인화 능력이 없다.

과학은 '위에서'뿐만 아니라 '밖에서' 보기 때문에 연어의 내면을 인정하지 않는다. 연어에게 마음이 있으리라고 상상하지 않는다. 그래서 과학-인간과 연어-자연은 동떨어진 존재라고 확신한다. 과학은 이처럼 모든 생명(활동)과 무생물을 대상화한다. 대상화된 것은 지배 대상으로 격하된다. 이때 과학의 눈은 '나쁜 근대'의 눈으로 확대된다. 널리 알려졌듯이, 나쁜 근대의 눈은 이성과 합리를 도구화한, 위에서 내려다보는 지배자의 시선이다. 『연어』가 제안하는 '옆에서' 보는 눈은 탈근대적 시각이다. 다시 말해 인간중심주의를 뛰어넘는 새로운 인식이자 태도다. 인간은 더이상 만물의 영장-우주의 주인이 아니다. 이것이 인간중심주의를 뛰어넘으려는 생태학의 제1강령이다.

인간중심주의가 드리워온 거대한 그늘은 굳이 거론할 필요조차 없다. 인류뿐 아니라 지구 생태계의 미래를 위협하는 난제 대부분이 과학과 기술, 개발과 성장 논리를 앞세운 인간중심주의의 산물이다. 기후변화, 에너지와 식량 고갈, 핵무기와 핵발전소 증가 등으로 인한 생태계 교란의 근본 원인이 인간중심주의이다. 양극화, 인종 갈등, 문명 충돌도 인간과 자연을 분리한 인간중심주의와 무관하지 않다. 사이코패스로 대표되는 반사회적 인간형의 출현도 공감 능력을 앗아간 인간중심주의에서 비롯된 것이다. 물론, 근대가 디스토피아를 지향한 기획은 아니었다. 근대의 도착지는 유토피아였다. 하지만 근대는 자신만만한 나머지 자신을 반성하는 능력을 잃어버리고 말았다. 뒤와 아래, 안, 옆을 바라보려고 하지 않았다. 오직 앞과 위만 보고 달렸다.

'위'가 아니고 '옆'에서 보자는 『연어』의 메시지는 시선의 단순한 이동이 아니다. 시선의 다양한 확장이고 심화다. 옆에서 볼 수 있다면, 그동안 배제됐던 '안' '아래' '뒤'까지 볼 수 있다. 과거와 현재를 다시 불러와 시간이 두터워질 수 있다. 시간이 동반하는 역사-이야기가 오늘과 내일을 풍성하게 만든다. 안도현의 연어 이야기는 결국 시간의 회복이고 공간-장소의 복원이다. 과거는 갈수록 위축되고, 현재는 미래를 위한 수단으로 전락하고 있다. 시간에서 미래가 차지하는 비중이 지나치게 커졌다. 미래만 있는 사회는 인간을 왜소화하고, 왜소해진 인간은 지구-우주와 온전한 관계를 형성하지 못한다. 미래가 비대해지는 사회는 이상한 사회다. 자발적으로 공멸하는 사회다.

안도현이 초대한 연어들에 의해 나-인간, 너-자연의 위치가 재정립된다. 안도현의 아바타 중 하나인 초록강은 은빛연어에게 이렇게 말한다. "존재한다는 것, 그것은 나 아닌 것들의 배경이 된다는 뜻"이라고. '나 아닌 것들의 배경'이 될 수 있는 근본 이유는 모든 것이 연결되어, 서로 영향을 주고받기 때문이다. 이와 같은 세계관에서는 주인과 하인이 따로 없다. 모래와 별 사이에 높고 낮음이 없다. 지렁이와 독수리 사이에 우열이 없다. 은행나무와 할머니 사이에 단절이 없다. 우주에 존재하는 모든 것은 서로 연결되어 있다는 세계관이, 앞에서 언급한 인간중심주의를 극복하기 위한 첫걸음이다.

지구적 상상력은 가능한가

초록강의 가르침은 우리에게 낯설지 않다. 동서고금을 막론하고, 오래된 토착문화는 인간을 자연의 한 구성원으로 보았다. 시베리아, 북미 대륙, 오스트레일리아, 아프리카 어디든 땅에 뿌리박은 전통사회에서는 '나'보다 '너'를, 인간보다 자연을 우선했다. 하지만 공동체의 규모가 커지면서 인간 대 인간, 인간 대 자연의 관계에 균열이 생겼다. 사회생태학은 인간이 인간을 지배하기 시작하면서, 인간이 자연을 대상화-수단화하기 시작했다고 지적한다. 생태계의 교란으로 대표되는 지구적 차원의 위기는 전적으로 인간의 오만과 무지에서 기인한다는 것이다.

이쯤에서 『연어』를 작은 '동화 나라'에서 구출해야 한다. 『연어』는 '어른을 위한 동화' '어린이를 위한 철학'을 벗어나 보다 큰 맥락에서 재정의해야 한다. 은빛연어를 중심으로 한 연어의 모천회귀 서사를 '지구적 상상력'의 한 구현으로 보자는 것이다. 지구적 상상력은 아직 상상력 사전에 등재되지 않았지만, 안도현의 모천회귀 서사 안에 충분히 녹아들어 있다. 지구적 상상력이란 한마디로 인간중심주의를 뛰어넘어 인간과 생명, 자연을 지구적 차원에서 재구성하자는 것이다(구석기 시대로 돌아가려는 무모한 복고주의라고 오해하지 말자. 과거로 돌아가는 것은 가능하지도 않고, 필요하지도 않다). 돌아보면 근대 이후 인간의 상상력은 인간의 범주를 벗어나려 하지 않았다. 언제나 인간에 의한, 인간을 위한, 인간의 상상력이었다. 인간은 '인간 아닌 것'의 배경이 되려 하지 않았다.

지구적 상상력은 새로운 인식과 태도를 필요로 한다. 상호의존성, 복잡성, 순환성, 온전성, 다양성. 우리가 '나 아닌 다른 것'의 배경이 되어야 한다는 초록강의 가르침 안에 지구적 상상력이 요청하는 핵심가치가 다 들어 있다. 은빛연어를 중심으로 살펴보자. 물수리나 수달과 같은 타자 전체가 있어야 연어가 생명을 유지할 수 있다. 별빛과 태양, 육지와 바다가 어우러져 지구 생태계라는 복잡한 시스템을 이룬다. 연어와 무관한 것은 아무것도 없다. 이처럼 상호의존적이고 복잡하고 다양한 세계가 끊임없이 순환하면서 변화한다. 하지만 지구 생태계 안에서 완전한 존재는 없다.

우리는 완전함이 아니라 온전함을 추구하는 존재다. 개체의 차원, 사회의 차원, 생태계 전체의 차원에서 조화와 균형을 추구하는 진화론적 존재다. 진화론은 『연어 이야기』에서 특히 강조된다. 알에서 깨어나 바다를 향해 내려가는 어린 연어에게 개구리와 수달이 일러준다. '간절하게 그리워하면 변할 수도 있다.' 염원이 진화의 원동력이라는 것이다(실제 진화론에서는 진화에는 정해진 목적이 없다고 말한다). 안도현의 연어 이야기에서 진화의 역사는 지금과는 다른 세상을 열어나가는 힘으로 재해석된다. 간절하게 원하라. 그리하면 달라질 것이다. 그래서 개구리는 올챙이로부터 벗어나고, 수달은 소리를 내지 않고 물속으로 스며들 수 있게 됐다. 안도현의 지구적 상상력은 진화론에서 빌려온 꿈과 희망을 이야기의 놀라운 위력과 연결시키면서 실천적 미래 담론으로 전환된다.

상징에서 알레고리로, 동화의 위력

연어 이야기를 지구적 상상력의 구현으로 볼 수 있는 또다른 요인이 있다. 바로 알레고리다. 널리 알려져 있듯이, 알레고리는 은유와 감정이입, 의인화를 두루 포괄하면서 두 겹의 목소리를 낸다. 이것을 말하면서 실제로는 저것을 가리킨다. 기표는 기표대로 흘러가면서 수시로 숨겨진 기의를 지시한다. 모천회귀 서사는 연어들 자신의 이야기이면서 동시에 인간과 문명을 끊임없이 환기시킨다. 눈맑은연어, 턱큰연어, 등굽은연어는 각각 인간의 특정 캐릭터와 연결된다. 물수리, 상어, 폭포, '냄새 없는 물' 등은 인간의 문명적 상황과 직결된다. 기표와 기의 사이가 매우 가깝다. 그래서 알레고리는 한때 상징의 하위 범주에 묶여 있었다. 힘의 논리를 유지하기 위한 계몽의 도구로 치부되어왔다. 왕이 백성을, 주인이 하인을, 아버지가 자녀를 훈육하기 위한, 깊이 없는, 그러나 재미있는 오래된 이야기에 불과했다.

하지만 알레고리는 재발견된다. 일찍이 벤야민과 폴 드 만은 알레고리가 상징보다 탁월하다고 보았다. 상징이 일시적이라면 알레고리는 지속적이고, 상징이 부정적 효과를 나타낸다면 알레고리를 긍정적 효과를 가져온다는 것이다. 상징이 나타나면 상징물은 사라지고 의미만 남는다. 예컨대 비둘기는 상징을 의미하는 순간 사라진다. 반면 강을 거슬러오르는 은빛연어는 온갖 역경을 딛고 자신의 뜻을 관철하는 영웅-의인을 떠올리게 한다. 다시 말해 상징이 단어와 이미지라는 좁은 차원에서 발생한다면 알레고리는 이야기와 의미라는 보다 넓은 차원에서 발생한다. 상징이 시간의 한 점時刻이라면 알레고리는 시간의 점과 점 사이時間와 관계된다.

결국 상징이 수직적 구조-지배논리라면 알레고리는 상대적으로 수평적 구조-상생의 논리다. 안도현의 연어 이야기는 연어-모천 회귀라는 평면적 상징을 연어의 삶-인간사회라는 입체적 알레고리의 세계로 끌어올렸다.

연어 이야기의 주인공은 은빛연어다. 돌연변이로 인해 다른 연어와는 다른 빛깔을 갖게 된 문제적 존재다. 자칫 아웃사이더로 밀려날 뻔했던 어린 은빛연어를 자기 삶의 당당한 주체로 끌어올린 것은 눈맑은연어의 자상한 조력이었지만, 그보다 더 근본적이고 다양하고 지속적인 지원이 있었다(한 아이를 키우려면 하나의 마을이 필요하다는 인디언 속담이 있다). 아버지의 생애와 초록강이 들려주는 연어의 역사였다. 어린 은빛연어를 성인으로 키워낸 것은 여러 겹의 이야기다.

눈맑은연어가 연민과 희생을 통해 사랑의 이야기를 들려준 데 이어, 초록강은 아버지의 올곧았던 삶의 이야기를 전해준다. 산란하면서 죽어가는 연어와 같은 어류에게는 부모의 양육이 없다. 알에서 깨어나 스스로 자라나야 한다. 부모와 자식 간의 이 메울 수 없는 간극을 이어주는 것이 초록강이다. 초록강은 어린 연어에게 부모의 이야기—종種의 역사를 들려줌으로써 연어로 하여금 당당하게 연어의 길을 갈 수 있도록 도와준다. 연어에게 연어의 정체성을 부여하고, 연어로서 연어의 미래를 열어가도록 응원하는 것이다. 역사가 없으면 나도 없고, 우리도 없으며, 너와 나의 미래도 없다는 것이 연어 이야기의 핵심 테마 중 하나일 것이다.

　이야기는 마침내 신화에 저항한다. 벤야민에 따르면, 동화는 신화의 시대를 극복하는 공동체의 집단적 기억-경험을 전해준다. "동화는, 신화가 우리의 가슴에 가져다준 악몽을 떨쳐버리기 위해 인류가 마련한 가장 오래된 조치들을 우리에게 알려준다."(발터 벤야민, 『서사·기억·비평의 자리』, 최성만 옮김, 길, 2012, 98쪽) 그런데 안도현의 연어 이야기가 떨쳐버리고자 하는 악몽은 지나간 시대의 신화가 아니다. 은빛연어가 뛰어넘고자 하는 '폭포'는 동시대의 막강한 신화다. 인간중심주의를 기반으로 한 개발과 성장 이데올로기 말이다. 은빛연어가 우리에게 보여주는 마음의 눈, 옆에서 보기, 남의 아픔을 내가 대신 아파하기, 간절하게 그리워하기, 스며들기, 기억하기 등이 현재의 신화-악몽을 떨쳐버리기 위해 인간이 적극 받아들여야 할 '오래된 조치들'이다. 이 오래된 조치들이 지금과는 다른 미래를 열어나가는 힘이다.

모천 상실 시대에서 모천 만들기

　안도현의 연어 이야기는 이 모천 부재의 시대에 어떻게 새로운 모천을 만들 수 있는가라는 절체절명의 문제의식을 제기한다. 모천을 망가뜨린 장본인이 인간중심주의-산업문명이라면, 사라진 모천을 재창조하는 주인공은 탈인간중심주의-탈산업문명일 것이다. 『연어 이야기』에서 은빛연어와 눈맑은연어 사이에서 태어난 '나'는 자신과 전혀 다른 종류의 연어와 마주친다. 다름아닌 물고기연구소에서 인공부화한 연어 치어들이다. 연구소-학교에서 인공부화한 일억 마리의 치어들은 제도교육의 희생자들이다. '나'가 자연의 섭리에 의한 최후의 연어라면, '너'로 대표되는 일억 마리의 인공부화한 연어는 최초의 연어다. 이 두 종류 연어의 만남과 갈등이 지금 우리가 살아가는 문명사적 대전환을 암시한다는 사실은 굳이 강조할 필요가 없을 것이다.

연구소에서 부화한 일억 마리의 치어는 새로운 연어다. 그들은 인간을 부모로, 연구소를 학교로 받아들인다. 모천이 아예 없다. 모천이 없는 치어는, 가족은 있지만 가정은 없고, 학교는 있지만 교육이 없으며, 사회는 있지만 공동체가 없는, 그리하여 양육받지 못하고 사육되는 아이들이다. 지금, 여기의 청소년이다. 이들은 미래는 있지만 꿈과 희망이 없다. 이들에게 가장 부족한 능력이 스스로를 존귀하게 여기는 자존감, 그리고 타자와 소통하고 공감하는 능력이다. 이들에게는 마음의 눈이 없다.

기성세대라고 해서 모천이 온전한 것은 아니다. 곳곳에서 동시다발하는 디아스포라가 모천을 빼앗긴 연어들이다. 전쟁과 기근,

지진이나 태풍과 같은 전통적 재난에 의한 이주민에 기후 변화로 인한 환경난민이 더해지고 있다. 이들 디아스포라가 몰려가는 곳은 대자연이 아니고 대도시 주변부다. 지구 전체 인구의 증가 폭보다 도시 인구의 증가속도가 더 가파르게 상승하는 것도 이 때문이다. 현재 70억 인류 중 절반이 넘는 35억 이상이 도시에서 살고 있다. 비도시지역 인구는 빠르게 줄어들고 있다. 부의 편중으로 인한 자국 내 디아스포라도 크게 늘고 있다. 조금 과장하자면, 가진 1%를 제외한 못 가진 99% 대부분이 모천을 상실하고 있다. 이들은 강에서 바다로 나아가지 못하거나, 바다에서 강으로 돌아갈 수 없는 운명에 처해 있다.

이와 같은 지구적 상황을 염두에 두면, 안도현의 알레고리는 보다 큰 울림을 갖는다. 연어가 가고자 하는 연어의 길이 곧 우리 인간이 가야 할 인간의 길이기 때문이다. 인류는 지금 인류 탄생 이래 최초, 최대의 갈림길에 서 있다. 이대로 가다가 공멸할 것인가, 아니면 다른 길을 선택해 새로운 모천을 건설할 것인가. 셰익스피어가 『맥베스』 도입부에서 마녀의 입을 빌어 이렇게 말한 적이 있다. "적어도 앞으로 백 년 동안은 좋은 것이 나쁜 것이고 나쁜 것이 좋은 것이다." 저 마녀의 말을 오늘 천사의 복음으로 새겨들어야 한다. 마녀의 전언을 '성장하지 않으면 죽는다'라는 신화를 탈신화하는 모토로 삼아야 한다.

적어도 앞으로 백 년 동안은 지금까지 좋았던 것을 버리고, 나빴던 것을 좋은 것으로 받아들여야 한다. 지금까지 나쁜 것이었지만, 지금부터 좋은 것, 다시 말해 은빛연어가 들려주는 이야기가 곳곳에 새로운 모천을 만들어나가는 안전하고 깨끗한 에너지가 될 것이다. 한번 더 떠올려보자. 옆에서 보기, 마음의 눈으로 보기, 대신 아파하기, 남의 배경이 되기, 간절하게 그리워하기, 기억하기, 스며들기. 시인 안도현이 불러온 이 '오래된 조치들'을 외면한다면, 우리는 모두 등굽은연어가 될지 모른다. 연어가 들려주는 이 '오래된 새로운 이야기'를 무시한다면, 우리는 모두 인공부화한 치어 처지를 벗어날 수 없을 것이다. 알레고리가 일러주는 이 낯익은 낯선 가치를 유념하지 않는다면, 우리는 강 하구에서 바다를 거대한 벽으로 여기고 주저앉을지도 모른다.

'연어, 라는 말 속에는 강물 냄새가 난다.' 그렇다. 연어 이야기에서는 인간의 냄새가 난다. 연어 이야기에서 문명의 안팎, 시간의 앞뒤를 볼 수 있다. 연어의 알레고리에서 이야기의 위력을 마주할 수 있다. 연어의 지구적 상상력에서 문학의 내일을 열어갈 수 있다. 창작과 실천의 단초를 붙잡을 수 있다. 또다른 세상으로 가는 지도를 발견할 수 있다. 연어 이야기의 아버지-초록강이 이렇게 말하는 듯하다. '지금, 여기, 우리가 맨 앞이다.'

한국문학의 '새로운 20년'을 향하여

　　문학동네가 창립 20주년을 맞아 '문학동네 한국문학전집'을 발간한다. 1993년 12월 출판사 간판을 내건 문학동네는 이듬해 창간한 계간 『문학동네』와 함께 지난 20년간 한국문학의 또다른 플랫폼이고자 했다. 특정 이념이나 편협한 논리를 넘어 다양한 문학적 입장들이 서로 소통하는 열린 공간이고자 했다. 특히 세기말 세기초에 출현하는 젊은 문학의 도전과 열정을 폭넓게 수용해 한국문학의 활력을 높이는 데 이바지하고자 했다.

　　돌아보면 세기말은 안팎으로 대전환기였다. 탈이념화를 중심으로 디지털 기반 정보화와 신자유주의 세계화가 서로 뒤엉켰다. 포스트 시대의 복잡성은 광범위하고 급격했다. 오래된 편견과 억압이 무너지는가 싶더니 도처에 새로운 차이와 경계가 생겨났다. 개인과 사회를 하나의 개념으로 묶어내기 힘든 형국이었다. 많은 시대가 겹쳐 있었고, 많은 사회가 명멸했다. 과잉과 결핍이 롤러코스터를 타고 전 지구적 일극 체제를 강

화했다.

지난 20년간 문학을 둘러싼 환경은 호의적이지 않았다. 새삼스럽지만, 문학의 위기, 문학의 죽음은 언제나 현재진행형이다. 그래서 문학의 황금기는 언제나 과거에 존재한다. 시간의 주름을 펼치고 그 속에서 불멸의 성좌를 찾아내야 한다. 과거를 지금-여기로 호출하지 않고서는 현재에 대한 의미부여, 미래에 대한 상상은 불가능하다. 한 선각이 말했듯이, 미래 전망은 기억을 예언으로 승화하는 일이다. 과거를 재발견, 재정의하지 않고서는 더 나은 세상을 꿈꿀 수 없다. 문학동네가 한국문학전집을 새로 엮어내는 이유가 여기에 있다.

이번 전집은 몇 가지 특징을 갖는다. 먼저, 한글세대가 펴내는 한국문학전집이라는 것이다. 문학동네는 전후 한글세대를 중심으로 1990년대 이후 한국문학의 주요 생태계를 형성해왔다. 이번 전집은 지난 20년간 문학동네를 통해 독자와 만나온 한국문학의 빛나는 성취를 우선적으로 선정했다. 하지만 앞으로 세대와 장르 등 범위를 확대하면서 21세기 한국문학의 정전을 완성해나가고자 한다.

문학동네 한국문학전집의 두번째 특징은 이번 문학전집이 1990년대 이후 크게 달라진 문학 환경에 적극 대응해온 결과물이라는 것이다. 문학동네는 계간 『문학동네』의 풍성한 지면과 작가상, 소설상, 신인상, 대학소설상, 청소년문학상, 어린이문학상 등 다양한 발굴 채널을 통해 새로운 문학적 징후와 가능성을 실시간대로 포착하면서 문학의 영토를 확장하는 데 기여해왔다. 그래서 이번 전집을 21세기 한국문학의 집대성을 위한 의미 있는 출발이라고 해도 좋을 것이다.

셋째, 이번 전집에는 듬직한 동반자가 있다는 것이다. 김승옥, 박완서, 최인호, 김소진 등 작가별 문학전(선)집과 최근 100종을 돌파한 세계문학전집, 그리고 현재 19권까지 출간된 한국고전문학전집이 그것이다. 문학동네는 창립 초기부터 한국문학의 해외 진출을 위해 지속적인 노력을 기울여왔다. 문학동네 한국문학전집은 통상적으로 펴내는 작품집과 작가별 전(선)집과 함께 한국문학의 특수성을 세계문학의 보편성과 접목시키는 매개 역할을 수행해나갈 것이다.

새로운 한국문학전집을 펴내면서 '문학동네 20년'이 문학동네 자신의 역량만으로 이루어졌다고 자부하려는 것은 아니다. 문인, 문단, 출판계, 독서계의 성원과 격려가 없었다면 문학동네의 오늘은 불가능했을 것이다. 그러므로 오늘, 문학동네 성년식의 진정한 주인공은 문학인과 독자 여러분이어야 한다. 이 자리를 빌려 거듭 감사드린다. 창립 20주년을 맞아, 문학동네는 한국문학의 더 나은 미래를 위해 한국문학전집 1차분 20권을 선보인다. 문학동네는 해를 거듭할수록 그 가치를 더해갈 한국문학전집과 함께, 그리고 문학인과 독자 여러분과 함께 '새로운 20년'을 향해 한 걸음 한 걸음 나아가고자 한다. 많은 관심과 성원을 부탁드린다.

문학동네 한국문학전집 편집위원
권희철 김홍중 남진우 류보선 서영채 신수정 신형철 이문재 차미령 황종연

안도현

1961년 경북 예천에서 태어나 원광대 국문과와 단국대 대학원 문예창작과를 졸업했다. 1984년 동아일보 신춘문예에 시가 당선되어 등단했다. 시집 『서울로 가는 전봉준』『그대에게 가고 싶다』『외롭고 높고 쓸쓸한』『그리운 여우』『바닷가 우체국』『아무것도 아닌 것에 대하여』『너에게 가려고 강을 만들었다』『간절하게 참 철없이』『북항』 등을 펴냈으며, 『연어』 이후 어른을 위한 동화 『관계』『사진첩』『짜장면』『증기기관차 미카』『민들레처럼』『나비』『연어 이야기』와 그 외에 『백석 평전』『안도현의 발견』『안도현 잡문』을 펴냈다. 시와시학 젊은시인상 소월시문학상 노작문학상 이수문학상 윤동주상 백석문학상 임화문학예술상 단국문학상 등을 수상했으며, 현재 우석대 문예창작과 교수로 재직중이다.

문학동네 한국문학전집 008
연어 · 연어 이야기
ⓒ 안도현 2014

1판 1쇄 2014년 1월 15일
1판 7쇄 2024년 8월 2일

지은이 안도현

펴낸곳 (주)문학동네 | 펴낸이 김소영
출판등록 1993년 10월 22일 제2003-000045호
주소 10881 경기도 파주시 회동길 210
전자우편 editor@munhak.com | 대표전화 031) 955-8888 | 팩스 031) 955-8855
문의전화 031) 955-2696(마케팅) 031) 955-2675(편집)
문학동네카페 http://cafe.naver.com/mhdn
인스타그램 @munhakdongne | 트위터 @munhakdongne
북클럽문학동네 http://bookclubmunhak.com

ISBN 978-89-546-2330-8 04810
     978-89-546-2322-3 (세트)

www.munhak.com